剣客春秋親子草

無精者

鳥羽　亮

文庫

【主な登場人物】

千坂彦四郎《ちさかひこしろう》――一刀流《いっとうりゅう》千坂道場の道場主。若い頃は放蕩《ほうとう》息子であったが、千坂藤兵衛と出逢い、剣の道を歩む。藤兵衛の愛娘《まなむすめ》・里美と世帯をもち、千坂道場を受け継ぐ。

里美《さとみ》――父・藤兵衛に憧れ、幼いころから剣術に励み、「千坂道場の女剣士」と呼ばれた。彦四郎と結ばれ、一女の母となる。

千坂藤兵衛《ちさかとうべえ》――千坂道場の創始者にして一刀流の達人。早くに妻を亡くし、父娘の二人暮らしを続けていたが、縁あって彦四郎の実母・由江と夫婦《めおと》となる。

由江《よしえ》――料亭「華村《はなむら》」の女将《おかみ》。北町奉行と理無《わりな》い仲となり、彦四郎をもうける。

剣客春秋親子草

無精者

目次

第一章　入門者

1

道場内で、門弟たちが木刀を遣って稽古《けいこ》をしていた。

戞《かっ》、戞《かっ》、と木刀を打ち合う乾いた音がひびき、鋭い気合、激しく床を踏む音などが聞こえてくる。

そこは、一刀流中西派の千坂《ちさか》道場である。道場内では六人の門弟がふたりずつ三組に分かれ、木刀を遣って型稽古をおこなっていた。

型稽古は、打太刀《うちだち》（指導者）と仕太刀《しだち》（学習者）に分かれ、一刀流の型の決まった刀法を身につけるための稽古である。

六人の他にも、道場内には三十数人の門弟がいた。その門弟たちは木刀を手にし、道場の片側に居並んでいる。見取り稽古をしながら、己の番が来るのを待っているのだ。見取り稽古というのは、上級者の稽古を見て学ぶことである。

一段高い師範座所には、道場主の千坂彦四郎《ひこしろう》が座し、門弟たちの稽古に目を配っていた。彦四郎は、道場主としてはまだ若かった。三十がらみである。千坂道場の門弟になったころは、二十歳《はたち》前後だった。色白で鼻筋のとおった男前だったが、優男《やさおとこ》で頼りないところがあった。その後、千坂道場での激しい稽古と度重なる試練を乗り越えてきたことで、いまは道場主らしい落ち着きと威風がそなわっていた。

……若い者が増えたな。

彦四郎は、道場の片側に居並んでいる門弟たちに目をやってつぶやいた。

門弟たちのなかに、元服を終えて間もない十二、三歳の者が四、五人交じっていた。ここ半年ほどの間に入門した者たちである。まだ、型稽古は無理なので、己の順番がくれば、一刀流の構えや打ち込みなどの指南を受けることになる。

……それに、道場が手狭になった。

と、彦四郎は感じた。

このところ、門弟が増え、型稽古のおりに門弟たちの待ち時間が長くなったのだ。

見ていても稽古になるとはいえ、やはり自分で木刀を手にして打ち合うことで身につくことが多い。

彦四郎は、何とかして、門弟たちが己の実力に応じて十分な稽古ができるようにしてやりたかった。

それからいっときし、打太刀として門弟たちを指南していた師範代の永倉平八郎《ながくらへいはちろう》が彦四郎のそばに来て、

「お師匠、四ツ半（午前十一時）は過ぎましたが」

と、声をかけた。

千坂道場の稽古時間は、朝が五ツ（午前八時）ごろから四ツ半ごろまでと決まっていた。午後の稽古は、八ツ半（午後三時）ごろから一刻（二時間）ほどである。ただ、午後は参加も時間も門弟たちの自由で、道場をあけておくからいつ来て稽古をしてもよい、いう程度であった。

「これまでにするか」

彦四郎は師範座所から立ち上がった。

永倉は稽古場の上座に立ち、

「稽古、やめ！」

と、大声を上げた。

門弟たちは手にした木刀を下ろし、お互いが相手に立礼をしてから、道場の両側に分かれた。

門弟たちが道場を去った後、彦四郎は永倉を相手に組太刀の稽古をしていた。まだ若い彦四郎は、道場主になってからも稽古を休まなかった。稽古を一日でも休むと腕がにぶるのである。

彦四郎は木刀をいっとき振った後、

「手繰打《たぐりうち》からまいる」

と、永倉に声をかけた。

「おお！」

永倉は、すぐに木刀を手にして彦四郎と対峙《たいじ》した。

手繰打は、鍔割《つばわり》とも呼ばれる籠手《こて》打ちの妙手である。彦四郎が打太刀、永倉が仕太刀になった。

彦四郎は、八相《はっそう》に構えてから両拳《こぶし》を下げ、木刀を顔の右側に立てた。一刀流で、陰《いん》と呼ばれる構えである。

対する永倉は、青眼《せいがん》に構え、剣尖《けんせん》を彦四郎の喉元《のどもと》につけた。隙《すき》がなく、どっしりと腰が据わっている。

永倉は三十がらみ、偉丈夫で、首が太く、肩幅がひろかった。眉《まゆ》が濃く大きな鼻で、頤《おとがい》が張っていた。熊のような大男である。ただ、何となく愛嬌《あいきょう》があった。悪戯《いたずら》小僧を思わせるような、よく動く丸い目のせいらしい。

「まいる!」

彦四郎が摺《す》り足で永倉との間合をつめ始めた。

対する永倉は、青眼に構えたまま動かない。ふたりの動きと太刀《たち》捌《さば》きは、決まっているのだ。

まず、彦四郎が斬撃《ざんげき》の間合に踏み込み、真っ向へ打ち込む。すかさず、永倉は身を引き、彦四郎の喉元に突き込む。

すると、彦四郎は体を引きざま、上段に振りかぶる。その一瞬の隙をとらえ、永倉が踏み込みざま彦四郎の籠手を打つ。

永倉の木刀の切っ先は、彦四郎の籠手から一寸ほどの間をとって、ピタリととまった。永倉が手の内を絞って木刀をとめたのである。

これが、手繰打だった。突きから上段へ振りかぶる相手の袖先《そでさき》を手繰るようにして籠手を打つのだ。

「籠手をもらったな」

彦四郎が言った。

ふたりは決まった動きをしていたのだが、太刀捌きの迅《はや》さや間合の取り方で呼吸が合わないと、うまく籠手を打つことができないのだ。

「いま、一手!」

永倉が声をかけた。

「おお!」

ふたりは、ふたたび対峙し、陰と青眼に構えた。

彦四郎が、すぐに摺り足で間合をつめ始めた。そのとき、道場の戸口に走り寄る足音が聞こえた。

「お師匠! おられますか」

戸口で、若い門弟の昂《たかぶ》った声がした。

「若林《わかばやし》です」

永倉が木刀を下ろして言った。

若林信次郎《しんじろう》は、千坂道場の若い門弟である。

2

「どうした、若林」

彦四郎は戸口に出ると、すぐに訊《き》いた。

「き、斬《き》り合いです！」

若林が声をつまらせて言った。

「だれが、斬り合っているのだ」

彦四郎は、門弟ではないかと思った。道場からの帰りに、門弟がだれかと斬り合いになったのではあるまいか。

「だれか、分かりません。若い武士と娘が、三人の武士に取り囲まれて……」

「道場の者ではないのだな」

彦四郎は念を押した。

「は、はい。ですが、川田《かわた》と木村《きむら》もそばにいます」

川田清次郎《せいじろう》と木村助三郎《すけさぶろう》も、千坂道場の門弟だった。

どうやら、若林、川田、木村の三人は、道場からの帰りに斬り合いの場にぶつかったらしい。

「川田たちは、斬り合いを見ているのか」

「それが、木村が斬り合いにくわわったかもしれません」

若林が口早に話したことによると、木村が若い娘を助けようとして、助太刀にくわわりそうな様子だったという。

「場所は、どこだ！」

永倉が大声で訊いた。

「柳原《やなぎわら》通りです」

若林たち三人の家は御徒町《おかちまち》にあり、柳原通りを経て神田川にかかる和泉橋を渡った先にある。

「近いな」

彦四郎が言った。

千坂道場のある神田《かんだ》豊島町《としまちょう》は柳原通りの近くだった。柳原通りは、浅草御門の辺りから筋違《すじかい》御門の前まで神田川沿いにつづいている。

「わ、若い武士と娘が、斬られそうです」

若林が、土間で足踏みしている。

「お師匠、行きましょう。川田と木村が巻き添えを食う恐れがある」

永倉が言った。

「よし」

彦四郎は、木村だけでなく川田も血気に逸《はや》って若い武士と娘に味方し、斬り合いにくわわるかもしれない、と思った。

彦四郎と永倉は道場へもどり、大刀だけ腰に帯びると、若林につづいて戸口から出た。柳原通りに出るとすぐ、

「あそこです！」

若林が、通りの先を指差して言った。

神田川にかかる新シ橋のたもと近くに、ひとだかりができていた。通りがかりの者たちらしい。そのひとだかりのなかほどで斬り合っているらしく、キラッ、キラッ、と刀身がひかり、甲走《かんばし》った気合が聞こえた。

近付くと、神田川の土手近くに武士と娘が追いつめられ、三人の武士に切っ先をむけられているのが見てとれた。

木村も川田も、斬り合いにくわわっていない。木村は、離れた場所にいた。だが、木村は抜き身を引っ提げている。闘いにくわわるつもりなのか。

彦四郎たち三人は走った。

「前をあけろ！」

永倉が怒鳴った。

走ったせいか、永倉の息が荒くなり、厳つい顔が赭黒《あかぐろ》く染まっていた。巨熊が駆け寄ってきたような迫力がある。

斬り合いを見ていた野次馬たちが、逃げるように左右に身を引いて道をあけた。

すると、見物人のなかから川田が走り出て、

「お師匠、あのふたり、斬られます！」

と、声高に言った。

木村もそばに走って来て、

「助けてやってください！」

と、訴えた。木村はひき攣《つ》ったような顔をしていた。右袖が裂け、二の腕に血の色がある。やはり、木村はやり合ったようだ。腕を斬られて、闘いの場から逃げたのだろう。ただ、かすり傷だった。

三人の武士に切っ先をむけられている男は、青白い顔をした若侍だった。牢人《ろうにん》であろうか。小袖に袴《はかま》姿で二刀を帯びていたが、ひどくだらしない恰好《かっこう》をしていた。月代《さかやき》と無精髭《ぶしょうひげ》が伸び、小袖の襟ははだけ、袴はよれよれである。

若侍は、手にした大刀の切っ先を、相対した大柄な武士にむけていた。左袖が裂け、あらわになった二の腕に血の色があった。目をつり上げ、必死の形相で三人に立ち向かっている。

その若侍の背後に、十六、七と思われる娘がいた。こちらは、身分のある武家の娘らしい。花柄の振り袖に、亀甲《きっこう》模様の帯をしめていた。色白で鼻筋がとおり、花弁のような形のいいちいさな唇をしていた。清楚《せいそ》な美しさがある。その娘も懐剣を手にして身構えていた。ただ、体が震え、構えも定まらない。

三人の武士は、若侍に切っ先をむけていた。娘を斬るつもりはないらしい。おそらく、若侍を始末すれば、娘は思いのままになるとみているのだろう。

三人とも羽織袴姿だった。牢人ではないようだ。身分は分からないが、主持《しゅうも》ちの武士であろう。

三人とも、遣い手らしかった。構えに隙がなく、腰が据わっている。

「待て！」

声を上げて、三人の武士に近付いたのは永倉だった。すでに、永倉は右手で刀の柄《つか》を握り、抜刀体勢をとっている。

彦四郎もつづいた。永倉だけにまかせておけない、と思ったのである。

「なんだ！　おぬしらは」

大柄な武士が、驚いたような顔をした。三十代半ばであろうか。眉が濃く、ギョロリとした目をしている。

「通りすがりの者だ」

彦四郎が言った。

「道場の者か」

中背の武士が言った。目が細く、顎《あご》がとがっている。武士は永倉の稽古着姿を見て、近くの剣術道場から駆け付けたとみたらしい。

「ともかく、刀を引け！　ここは天下の大道、刀を振りまわすような場ではない」

彦四郎が強い口調で言った。

柳原通りは、古着を売る床店《とこみせ》が並んでいて、日中は人出が多かった。いまも、大勢のひとがすこし離れた場所で取り囲み、斬り合いの様子を固唾《かたず》を呑《の》んで見守っている。

「この若いやつが、われらに無礼を働いたからだ。……おぬしら、邪魔だてすると命はないぞ」

中背の武士が恫喝《どうかつ》するように言って、切っ先を彦四郎にむけた。

すると、もうひとりの赤ら顔の武士も、踵《きびす》を返して永倉と相対した。全身に殺気がみなぎっている。

「やるしかないようだ」

彦四郎は抜刀し、青眼に構えて切っ先を中背の武士にむけた。

剣尖が、ピタリと武士の目線につけられている。腰の据わった隙のない構えで、剣尖にはそのまま迫ってくるような威圧感があった。

すかさず、中背の武士は相青眼に構えたが、その顔に驚きの色が浮いた。

「つ、遣い手だ!」

中背の武士が、声をつまらせて言い、慌てて後じさった。彦四郎の隙のない構えと気魄《きはく》に圧倒されたようだ。

永倉と対峙した赤ら顔の武士も、慌てて身を引いた。永倉は八相に構えていたが、その大きな構えに恐れをなし、斬撃の間合近くに相対していられなかったようだ。

これを見た大柄な武士も驚いたような顔をし、若侍からすこし身をひいて逡巡《しゅんじゅん》するような素振りを見せたが、

「引け! この場は引け」

と、声を上げた。そして、反転すると、抜き身を引っ提げて駆けだした。この男が、三人のなかの頭格《かしら》らしい。

ふたりの武士もすぐに身を引き、相手との間がひらくと、踵を返して走りだした。

彦四郎は、去っていく三人の背に目をやりながら刀を鞘《さや》に納めた。

「口ほどにもないやつらだ」

永倉も納刀した。

そこへ、若侍と娘が歩を寄せ、

「か、かたじけない。……ふたりのお蔭で、命拾いした」

と、若侍が言った。
二十二、三歳であろうか。若侍には真剣勝負の恐怖と興奮が残っているらしく、昂った顔をしていた。手が震え、刀身が小刻みに震えている。
ただ、物怖《ものお》じした様子はなく、年上の彦四郎や永倉に対しても、対等な物言いをした。
彦四郎は、若侍に目をやり、
……男前だな。
と、思った。髭や月代の伸びたただらしない恰好を見ると、ずぼらな男のようだが、鼻筋のとおった端整な顔立ちをしていた。それに、彦四郎に向けられた目は、澄んでいた。その目を見ただけでも、徒牢人《いたずらろうにん》とは思えなかった。

「そこもとの名は」

彦四郎が訊いた。

「岩田《いわた》要之助《ようのすけ》だ」

要之助が、小声で答えた。

「そこもとたちを襲った三人は、何者だ」

彦四郎の脇に立っていた永倉が訊いた。

「それが、分からないのだ。……擦れ違ったおり、鞘が当たったと言って、いきなり取り囲み、刀を抜いてきた」

要之助が言うと、脇にいた娘が、ゆい、と名乗り、助けてもらった礼を口にした後、

「あの者たちは、初めから、わたしたちを狙《ねら》っていたにちがいありません」

と、目をつり上げて言った。

色白の顔が、紅潮していた。その口吻《こうふん》には、怒りのひびきがあった。人形のように清楚で美しい顔立ちだが、ひどく気丈そうである。

彦四郎は、ふたりの顔を見比べながら、

……どういう関係か。

と、思った。ずぼらな牢人を思わせるような若侍、身分のある武士の家柄らしい、気丈で美しい娘――。ふたりは顔が似ていなかったので、兄妹ではないようだし、夫婦《めおと》でもなさそうだった。

「ふたりの屋敷は、この近くかな」

彦四郎は、近ければ送ってやってもいい、と思った。屋敷を見れば、ふたりの身分と関係が分かるかもしれない。

「近くでは、ありません」

ゆいが、はっきりした声で言った。

すると、要之助が、

「ふたりは、この近くの道場の方であろうか」

と、彦四郎と永倉に目をむけて訊いた。

「千坂道場の者だ。道場が近いのでな、門弟から話を聞いて、駆け付けたのだ」

永倉が言った。

「いずれ、あらためて、礼にうかがわせていただくが、今日は急いでいるので、これにて失礼いたす」

要之助がそう言って頭を下げると、ゆいも頭を下げ、ふたりはそそくさとその場を離れた。

彦四郎と永倉は、その場に立ったまま、遠ざかっていくふたりの背に目をやっていたが、

「あのふたり、夫婦ではないようだが……」

永倉が、首をひねりながら言った。

3

エイッ！　ヤアッ！

何人もの気合と床を踏む音が、道場内にひびいていた。

十人ほどの門弟が、木刀を振っている。いずれも、まだ少年といっていい年頃だった。なかに、ちいさな女児《おんなのこ》がひとり交じっていた。

お花《はな》である。お花は、まだ七歳だった。道場主の彦四郎と妻の里美《さとみ》との間に生ま

れた子である。

お花は、芥子坊《けしぼう》を銀杏髷《いちょうまげ》に結う年頃だったが、無造作に伸ばした髪を後ろで束ねていた。黒眸《くろめ》がちの目をし、色白のふっくらした頬《ほお》をしていた。その顔が、朱を刷《は》いたように赤らんでいる。

お花は、里美の仕立てた短袴《たんばかま》の股《もも》だちを取り、若い門弟たちといっしょに木刀を振っていた。木刀は、二尺ほどの細くて短いものだった。彦四郎が、お花のために作ってやったのである。

門弟たちのそばに、彦四郎と里美が立っていた。ふたりは、若い門弟たちとお花に目をやっている。

彦四郎が里美に、入門したばかりの若い門弟たちだけ別に、構えや素振り、足捌き、打ち込みなど、剣術の基本だけでも教えてほしい、と頼んだのだ。それというのも、彦四郎は、師範座所から門弟たちの稽古の様子を見ていて、入門して日の浅い門弟たちは型稽古も地稽古《じげいこ》も、他の門弟たちといっしょにするのは難しく、基本だけでも別に教えた方がよいと思ったのである。

それに、里美の剣の腕は確かで、これまでも通常の稽古が始まる前に、お花や若い門弟たちに素振りや構えなどを教えることがあったのだ。

なお、千坂道場では面や籠手の防具を身に着け、竹刀《しない》で試合さながらに打ち合う稽古を地稽古と呼んでいる。

里美は小袖の袂《たもと》を襷《たすき》で絞り、木刀を手にしていた。里美は二十代半ば、武家の妻だったが、眉を剃ったり鉄漿《かね》をつけたりしなかった。ただ、髪は女らしい丸髷で、汗止めの白鉢巻をしている。

勇ましい恰好だが、すんなりした肢体には女らしい膨らみがあった。里美は色白で目鼻立ちのととのった顔をし、その身辺には若妻らしい色香がある。

里美が女ながらに剣を身につけたのは、それなりの理由《わけ》があった。道場主の娘として育った里美は、子供のころから道場を遊び場にして育ってきた。

里美は遊びのなかで自然に剣術を身につけ、七、八歳になると、門弟たちといっしょに道場に出て稽古をするようになった。そして、千坂道場の女剣士と噂《うわさ》されるほどの腕になったのだ。やがて、里美は彦四郎に思いを寄せるようになり、妻となってお花が生まれたのである。

そのお花が、里美と同じように道場を遊び場にし、門弟たちといっしょに稽古をするようになった。剣術の稽古といっても、お花はまだ門弟たちといっしょに地稽古や型稽古はできない。それで、素振りや足捌きなどの基本の稽古だけ、入門したての若い門弟といっしょにしていたのだ。

「顎を引き、背筋を伸ばして！」

里美が、門弟たちに声をかけた。

素振りは、姿勢が大事である。背筋を伸ばし、顎を引いて、木刀を真っ直ぐ振り下ろさねばならない。

門弟たちは顎を引き、背筋を伸ばして、木刀を振り始めた。

そのとき、道場の戸口で複数の足音がし、「お頼み申します！」という声が聞こえた。だれか来たらしい。

「おれが、みてくる」

そう言い残し、彦四郎は戸口にまわった。

戸口の土間に、ふたりの武士が立っていた。ひとりは、三日前、柳原通りで三人の武士に襲われた要之助である。もうひとりは、中年の武士だった。ふたりとも羽織袴姿である。要之助が彦四郎に、

「先日は、お助けいただき、かたじけなく存じます」

と、妙に丁寧な物言いをして頭を下げた後、中年の武士に目をやり、

「笹森重右衛門《ささもりじゅうえもん》どのです」

と、紹介した。

要之助は、さっぱりした恰好をしていた。髭と月代をあたり、羽織袴姿で二刀を帯びていた。身装《みなり》を整えたせいか、端整な顔が溌剌《はつらつ》として見え、若侍らしい精悍《せいかん》な雰囲気があった。ただ、笹森に気を遣っているらしく、小声で話している。

笹森は、彦四郎にあらためて礼を言った後、

「実は、千坂どのに願いの筋があってまいったのです」

と、彦四郎を見つめて言った。

「願いと、言われると」

「岩田さまを、門弟のひとりにくわえていただきたいのです」

笹森が言うと、

「柳原通りで、千坂さまの剣の精妙を目《ま》の当たりにし、門弟のひとりにくわえていただきたいと存念いたしました」

要之助が、言い添えた。

物言いが、柳原通りで会ったときと、変わっていた。ひどく丁寧である。顔も真剣で、双眸《そうぼう》には強いひかりが宿っていた。門弟になりたい、という気持ちは嘘ではないらしい。それに、笹森が要之助のことを岩田さま、と呼んだところからみて、要之助は身分のある家柄なのかもしれない。

「ともかく、話を聞きましょう」

彦四郎には、要之助を拒む気持ちはまったくなかったが、ただ腑《ふ》に落ちないこともあった。それに、要之助と笹森の身分も、ふたりの関係もはっきりしなかった。彦四郎は、ふたりを門弟にくわえる前に、そうしたことも知っておきたかったのだ。

彦四郎は、ふたりを家族の住む母屋に連れていった。入門のおりに、話を聞くのは道場が多かったが、これから午後の稽古が始まるので、道場内では話せなかったのだ。母屋は道場の裏手にあり、短い廊下でつながっている。

4

彦四郎たちは、母屋の庭の見える座敷に腰を下ろすと、

「岩田どのの屋敷は、どこでござる」

彦四郎が、要之助に訊いた。

「小川町でございます」

「小川町なら、道場に通うこともできるな」

柳原通りを西にむかい、神田川にかかる筋違御門のたもとをさらに西にむかえば、小川町に出られる。千坂道場のある豊島町からそれほど遠くなかった。小川町は、旗本屋敷や大名屋敷などのつづく武家地がひろがっている。

「つかぬことをうかがうが、幕臣でござるか」

彦四郎は、要之助が大名の屋敷内に住む藩士とは思えなかったので、そう訊いたのである。

すると、要之助の脇に座していた笹森が、

「岩田さまの家は、三百石の旗本でございます」

と、慇懃《いんぎん》な口調で言った。

「い、いや、旗本といっても、それがしは、冷や飯食いでござって……」

要之助が照れたような顔をした。

「先日、ごいっしょされていたゆいどのは、妹御か」

妹ではない、と彦四郎は分かっていたが、そう訊いたのである。

「い、妹では、ございません」

要之助は声をつまらせて言った。顔が赤くなっている。

「おふたりは、言い交わした仲でございます」

脇から、笹森が口をはさんだ。

「そうだったのか」

彦四郎は納得した。ゆいは、要之助の許婚《いいなずけ》らしい。要之助は岩田家の冷や飯食いとのことなので、ゆいの家に婿に入るか、別の家をたてるかするのだろう。

……それにしても、要之助がゆいと歩いているときのずぼらな恰好は、どうしたことであろう。髭ぐらい剃《そ》っておけばいいのに……。

彦四郎は、目の前に座っている要之助のきりりとした面立ちをみて思った。

「つかぬことをうかがいますが、笹森どのは、要之助どのとどのようなご関係でござろうか」

彦四郎が、声をあらためて訊いた。

「それがしは、ゆいさまの実家、小堀富左衛門《こぼりとみざえもん》さまにお仕えする者でございます。今日は、ゆいさまのご意向もあって、岩田さまに同道いたしました」

笹森によると、小堀家は千石の旗本だという。

「千石でござるか」

大身《たいしん》だった。三百石の岩田家とは、だいぶちがう。要之助とゆいの間にも、何か子細がありそうだ。

ただ、彦四郎はそれ以上訊かなかった。他家のことを、あまり詮索《せんさく》したくなかったのである。

次に口をひらく者がなく、座敷が静まったとき、

「実は、お願いの儀があってまいりました」

要之助が畳に手をつき、顔を上げて彦四郎を見つめた。

「何かな」

「それがしを、内弟子にしていただきたいのです」

要之助が真剣な顔をして言った。

「内弟子だと……」

思いもよらぬ話だった。なぜ、内弟子を希望するのであろうか。岩田家が小川町なら、道場に通うにもそう遠くない。

「はい」

「小川町なら、じゅうぶん通えるが……」

「それが、命を狙われる恐れがあるのです」

要之助の顔を憂慮の翳《かげ》がおおった。

「柳原通りで、そなたらを襲った者たちか」

彦四郎の脳裏を、三人の武士の姿がよぎった。

「あの三人の他にも、いるのです」

要之助によると、半月ほど前、小川町の屋敷を出て神田川沿いの通りに出たとき、やはり三人の武士に襲われ、あやうく命を落としそうになったという。そのとき、ふたりは柳原通りで襲った者だが、ひとりは別人で牢人体《てい》だったという。

「おりよく、供連れの旗本が通りかかり、助けていただきました。……小川町から豊島町まで通うとなると、あの者たちにいつ襲われるか分からないのです」

要之助が言うと、つづいて笹森が、

「千坂さまやご門弟のおられる道場であれば、あやつらも、岩田さまを襲うことはできないはずです」

と、言い添えた。

「うむ……」

どうやら、要之助は己の身を守るために、道場に住み込みたいらしい。

彦四郎は、要之助が丁寧な物言いをし、身装《みなり》をととのえて道場に来た理由が分かった。内弟子になりたいためらしい。

「ですが、千坂さまから剣術のご指南をいただきたいのは、それがしの偽らざる気持ちでございます」

要之助が彦四郎を見つめ、訴えるような口調で言った。

彦四郎が黙していると、

「千坂さま、岩田さまの入門したいというお気持ちに、偽りはございません。……命を狙う者たちから身を守るだけなら、小川町の屋敷に籠っていればよいのです。あやつらも、屋敷内には入ってきません」

岩田が言い添えた。

「そうだな」

彦四郎も、要之助の剣術の指南を受けたいという気持ちに、偽りはないと思った。

「ただ、内弟子といっても、寝泊まりするところがな……」

母屋は、狭かった。一晩や二晩なら何とかなるが、長い間となると無理である。

「どのようなところでも、結構です。納屋や厩《うまや》のようなところでも」

「うむ……」

千坂家には、納屋も厩もなかった。

「道場の片隅でも……」

「どうだ、道場の着替えの間では？」

彦四郎が言った。

道場には、門弟たちの着替えの間があった。寝泊まりするだけなら、そこでも何とかなる。それに、様子を見て、道場の近くの借家にでも越す手もあるだろう。

「そこで、結構でございます」

要之助が、ほっとしたような顔をした。

「ところで、岩田どのを襲った者たちは、何者なのだ」

彦四郎が、声をあらためて訊いた。

「それがしにも、分からないのです。……いずれも見覚えのない者たちで、命を狙われる覚えもないのです」

要之助が、困惑したように眉を寄せた。

「柳原通りで襲った者たちの狙いは、岩田どのだけで、ゆいどのではないのだな」

彦四郎が、念を押すように訊いた。

「はっきりしませんが、狙ったのは、それがしだけだと……」

要之助によると、小川町で襲われたとき、ゆいはいっしょにいなかったという。

「笹森どの、何か心当たりは」

彦四郎は、笹森に目をやった。

「それがしも、はっきりしたことは……」

笹森は語尾を濁した。心当たりはあるが、はっきりしないので、口にはできない、といった様子である。

「いずれにしろ、しばらく稽古をつづけてみるといい」

彦四郎は、そのうち見えてくるだろうと思った。

5

千坂道場では、地稽古がおこなわれていた。激しい気合、竹刀を打ち合う音、床を踏む音などが、耳を聾《ろう》するほどに聞こえてくる。

道場内では、六人の門弟が試合さながらに竹刀で打ち合っていた。他の門弟たちは、面、籠手、胴の防具を身につけ、道場の両側に居並んで、自分たちの出番を待っている。

師範座所には、彦四郎と千坂藤兵衛《とうべえ》の姿があった。藤兵衛は、彦四郎の義父で里美の父親だった。一刀流の達人で、千坂道場をひらき、長年門弟の育成にあたってきた男である。

藤兵衛は、還暦にちかい老齢だった。彦四郎に道場を継がせて隠居した後は、道場から離れて暮らしており、稽古場にたつことはあまりなくなった。それでも、千坂家を訪ねたときは、かならずといっていいほど稽古場に顔を出し、師範座所から門弟たちの稽古の様子を見るのだ。

「彦四郎、あらたに入門した岩田は、渋井《しぶい》と竹刀をまじえている男か」

藤兵衛が、道場のなかほどで高弟のひとり、渋井恭次郎《きょうじろう》と打ち合っている男を見ながら訊いた。渋井は、千坂道場の遣い手のひとりだった。

「そうです」

「なかなかの遣い手ではないか」

藤兵衛が、感心したように言った。

「練兵館《れんぺいかん》に通ったことがあるそうです」

練兵館は、神道無念流《しんとうむねん》、斎藤弥九郎《さいとうやくろう》が九段下にひらいた道場で、江戸の三大道場と謳《うた》われる名門である。

藤兵衛の言うとおり、要之助は渋井とほぼ互角に打ち合っていた。

「それに、稽古も熱心です」

要之助が入門して七日経《た》っていた。

要之助は稽古熱心だった。門弟たちがいないときも、ひとりで稽古場に来て、素振りや打ち込みなどをしている。

ただ、暮らしぶりは相変わらずずぼらで、髭や月代を剃るのもまれだった。身装《みなり》など頓着しない性分らしく、襟元などが汗や汚れで黒光りしている着物を平気で着ている。

「なかなか筋もいいようだ。まだ、若いようだし、稽古を積めば、強くなろう」

藤兵衛が目を細めて言った。

「ただ、気になることがあるのです」

彦四郎が、藤兵衛に身を寄せて言った。

「気になるとは？」

「要之助が、何者かに命を狙われていることは、ご存じですね」

彦四郎は藤兵衛に直接話していなかったが、要之助が道場に寝泊まりするようになった経緯を里美から知らせてあった。

彦四郎は、要之助が門弟になったときから、要之助と呼んでいた。岩田という姓の門弟がいたからである。

「知っている」

「その者たちが、道場を探っているようなのです」

彦四郎は、門弟たちから、深編み笠をかぶった武士が、道場を覗《のぞ》いていたという話を二度聞いていた。

それに、彦四郎自身、深網み笠をかぶった長身の武士が、道場の近くにある八百屋に立ち寄り、あるじから何やら訊いているのを目にした。その武士が立ち去った後、あるじに訊くと、武士は道場のことをいろいろ訊いていたという。

「あるじは、若い武士が、ちかごろ道場に寝泊まりしていないか、訊かれたそうです。……その深編み笠の武士は、要之助を探っていたようです」

彦四郎が言った。

「そやつら、何者なのだ」

藤兵衛の顔が、けわしくなった。

「分かりません。それに、何人もいるようです」

すくなくとも、四人いる。柳原通りで襲った三人と、小川町で襲った三人のなかにいた牢人体の男である。

「いったい、何者が、何のために、要之助の命を狙っているのであろうな」

「本人も、分からないようです」

彦四郎がそう言ったとき、道場の戸口で、

「お頼みもうす！　どなたか、おられぬか」

と男の声が聞こえた。

「だれか、訪ねてきたようだな」

藤兵衛が戸口に目をやった。

戸口近くにいた門弟の佐原欽平《さはらきんぺい》と柳原十郎太《やなぎはらじゅうろうた》が、すぐに座して面と籠手を取り、戸口にむかった。

「わしも、行ってみるか」

藤兵衛は腰を上げた。岩田の命を狙う者たちのことを話していたこともあって、訪問者が気になったらしい。

藤兵衛が戸口に行くと、土間にふたりの武士が立っていた。ふたりは、羽織袴姿で二刀を帯びていた。ひとりは長身、もうひとりは小柄だが、ふたりともがっちりした体軀《たいく》をしていた。

佐原と柳原は土間のつづきにある板間に座して、困惑したような顔をしている。

藤兵衛は、ふたりの武士を見て、

……手練《てだれ》だ！

と、察知した。

ふたりとも、立っている姿に隙がなかった。腰も据わっている。それに、顔に面《めん》擦《ず》れがあった。面を被って稽古を積んだ証《あかし》である。

長身の武士は、四十がらみであろうか。面長で鼻梁が高く、眼光の鋭い男だった。小柄な男は丸顔で、浅黒い肌をしていた。首や腕が太く、どっしりとした腰をしていた。

「何か用かな」

藤兵衛が、おだやかな声で訊いた。

「千坂道場の評判を耳にしまして、ぜひ、一手ご指南を仰ぎたいと存念し、ふたりして参ったのでござる」

長身の武士が、口許に笑みを浮かべて言った。だが、目は笑っていなかった。細い目に刺すようなひかりが宿っている。

「当道場は、他流試合を禁じておるが」

藤兵衛が言った。

「いやいや、試合ではござらぬ。稽古をつけていただくだけで、結構でござる」

「うむ……」

そうは言っても、立ち合えば、他流試合ということになる。

「そこもとが、道場主の千坂彦四郎どのでござるか。もっと、若い方と聞いてまいったのだが」

長身の武士が首をひねった。

「いや、それがしは、千坂藤兵衛ともうす。隠居の身じゃ」

「おお！　おてまえが、藤兵衛どのか。お噂は耳にしております。千坂道場をひらいたお方でござるな」

長身の武士が、声を大きくして言った。

「むかしのことじゃ」

「藤兵衛どの、どうでござろう。ご門弟の何人かと手合わせしていただければ、それで、結構だが」

長身の武士が言うと、

「それとも、われらに臆《おく》して、道場にも上げないともうされるか」

と、小柄な男が口許に薄笑いを浮かべて言った。

「わしは、隠居の身なのでな。何とも言えぬが、ともかく道場に入られるがよい」

藤兵衛は、場合によっては、自分がふたりと立ち合ってもいい、と思った。

6

道場内は静まっていた。門弟たちは道場の両側に居座り、道場のなかほどに座したふたりの武士に目をやっている。

彦四郎は師範座所を背にして稽古場に座し、

「おふたりの名を聞かせていただけようか」

と、ふたりの武士を目にして言った。

永倉は彦四郎の脇に座し、ふたりの武士を睨《にら》むように見すえている。

「それがし、稲垣源十郎《いながきげんじゅうろう》にござる」

長身の武士が名乗ると、

「高堀三郎兵衛《たかぼりさぶろべえ》にござる」

と、小柄な武士がつづいて名乗った。

「剣術の稽古が、お望みとか」

「いかさま……。試合ではなく、稽古をつけていただければ、結構でござる」

稲垣が、彦四郎を見すえて言った。

「当道場は、他流試合を禁じているので、面、籠手をつけての稽古になるが」

「それで、結構でござる」

「おふたりは、何流を遣われる」

彦四郎が訊いた。

「若いころ、伊庭《いば》道場に通ったことがござるが……。いまは、稲垣流かもしれんな」

稲垣はそう言って、目を細めた。

伊庭道場とは、伊庭軍兵衛《ぐんべえ》の心形刀流《しんぎょうとう》の道場である。御徒町にあり、大勢の門弟を集めて隆盛している。

「それがしも、心形刀流を修業いたした」

高堀が言った。

「稽古なら、竹刀で地稽古をやってもらうことになるが」

「結構でござるが、竹刀と、面、籠手をお借りできようか」

「承知した」

彦四郎が、着替えの間の入り口近くにいた要之助と川田に、防具を持ってくるよう話すと、ふたりはすぐに立ち上がった。

そのとき、稲垣と高堀の目が、要之助にむけられた。鋭い目だったが、ふたりはすぐに視線を正面にもどした。

彦四郎は、ふたりの視線の動きを目にとめ、

……要之助を探りに来たのではないか！

と、直感した。彦四郎の脳裏を、道場内を探っていた長身の武士のことがよぎったのだ。

要之助を探っていた長身の武士は、稲垣かもしれない。稲垣は道場に乗り込み、

自分の目で要之助を見てみようと思ったのではあるまいか。

一方、要之助は平静だった。表情も変わらない。

要之助は稲垣の前に来ると、

「これをお遣いください」

と言って、手にした防具を稲垣の膝先に置いた。

要之助は、稲垣と高堀を知らないらしい。ふたりは、要之助を襲った四人とは別人なのだろう。

要之助と川田が、居並んでいる門弟たちの脇に座すと、稲垣と高堀は羽織を脱ぎ、防具をつけ始めた。

先に防具をつけて、道場に立ったのは高堀だった。

「渋井、相手をしてくれ」

彦四郎が、高弟の渋井に声をかけた。

「はっ！」

渋井はすぐに面、籠手をつけ始めた。

道場内は咳《しわぶき》ひとつ聞こえなかった。水を打ったように静まりかえっている。門弟たちの目は、高堀と渋井に集中していた。地稽古とはいえ、他流の者と、試合と同様に打ち合うのだ。門弟たちの目が、ふたりの勝負に釘付けになるのも当然である。

ふたりは、道場のなかほどで相対した後、立礼してから竹刀をむけ合った。

高堀と渋井は、相青眼に構えた。ふたりの間合は二間半ほど――。まだ、打ち込みの間合からは遠い。

……遣い手だ！

と、彦四郎は察知した。

高堀は小柄だが、その姿が大きく見えた。腰がどっしりと据わり、全身に気勢がみなぎっていた。青眼に構えた剣尖が、渋井の喉元にピタリとつけられている。

イヤアッ！

突如、高堀は鋭い気合を発し、摺り足で間合を狭め始めた。すばやい寄り身である。渋井はすこし身を引いた。高堀の構えに威圧を感じたらしい。

渋井は己の踵《かかと》が居並んでいる門弟たちに近付くと、引くのをやめた。そして、竹刀の先をピクピクと小刻みに動かした。牽制《けんせい》して、高堀の寄り身をとめようとしたらしい。

かまわず、高堀は間合をつめていく。

一足一刀《いっそくいっとう》の打ち込みの間合に迫るや否や、高堀が仕掛けた。

タアッ！

鋭い気合を発し、スッ、と竹刀の先を突き出した。打ち込むと見せた誘いである。

刹那《せつな》、渋井の全身に打ち込みの気がはしった。

トオッ！

渋井が気合を発し、面を打とうとして竹刀を振り上げた一瞬、渋井の両籠手が浮いた。その一瞬の隙を、高堀がとらえた。

「籠手！」

と叫び、高堀の竹刀が籠手に飛んだ。

バシッ、という籠手を打つ音が、道場内にひびいた。相手の出頭を打つ、後《ご》の先《せん》の太刀である。

「籠手を、一本いただいた」

すぐに、渋井が言った。

静まりかえっていた道場内に、どよめきが起こった。門弟たちが、高堀の腕の冴えに、思わず驚きの声を洩《も》らしたのだ。

「いま、一手！」

渋井が言った。

「おお！」

ふたりは、道場のなかほどで相対すると、ふたたび相青眼にとった。

二本目は、渋井がとった。ふたりは道場のなかほどで激しく打ち合ったが、渋井は高堀が胴を打とうとして竹刀を引いた一瞬の隙をとらえ、飛び込んで面を打ったのだ。

三本目は、なかなか決まらなかった。ふたりは、道場のなかほどでしばらく打ち合っていた。

ふと、彦四郎は稲垣に目をやった。道場の隅に座している稲垣が気になったのである。稲垣は、ときおり渋井と高堀の立ち合いから目を離し、道場内に視線をめぐらしていた。居並ぶ門弟、要之助、永倉、藤兵衛などに目をやっている。

……道場にいる者たちを探っているようだ。

と、彦四郎は思った。

しばらくして、高堀と渋井は竹刀を下ろした。三本目はどちらもとれず、引き分けということで竹刀を納めたのだ。

高堀は手を抜いた、と彦四郎はみた。初めから引き分けにするつもりで、立ち合っていたようだ。遺恨を残さぬためであろう。

7

「次は、それがしにござるな」

稲垣が竹刀を手にして立ち上がった。

「おれが、相手だ！」

声を上げたのは、師範代の永倉だった。

「ご師範代でござるか」

稲垣が、面鉄《めんがね》の間から永倉を見つめて言った。

「手加減は、無用にござる」

永倉が言った。どうやら、永倉も高堀が途中から手加減していたのをみてとったようだ。

「そこもとも、手加減は無用に願いたい」

そう言って、稲垣は竹刀を永倉にむけた。

ふたりは、およそ三間の間合をとって対峙した。永倉は青眼、稲垣は八相に構えた。ふたりの間合が、三間より近く見える。永倉は巨軀、稲垣は長身のせいで、そう感ずるらしい。

永倉は青眼に構えた剣尖をすこし上げ、稲垣の左拳につけた。八相に対応する構えである。

稲垣の八相の構えが、大きく見えた。長身の上に両肘を高くとり、竹刀を立てているためである。大樹のような構えだった。永倉は、上から覆いかぶさってくるような威圧を感じているにちがいない。

ふたりは、青眼と八相に構えたまま動かなかった。ふたりとも全身に気勢を込め、気魄で攻めていた。気攻《きぜ》めである。

巨岩のような永倉と大樹のような稲垣は、睨み合ったまま微動だにしない。ふたりの全身から痺《しび》れるような剣気が放たれている。

……互角か！

と、彦四郎は見てとった。

師範座所にいる藤兵衛も、食い入るようにふたりを見つめている。

そのとき、稲垣が動いた。床を這うように趾《あしゆび》を動かし、ジリ、ジリと間合を狭め始めた。稲垣の体も上段に構えた竹刀も、まったく揺れなかった。大樹のような構えのまま、永倉に迫っていく。

対する永倉は動かず、稲垣との間合と斬撃の起こりを読んでいる。

両者の間合が狭まるにつれ、ふたりの全身に気勢がみなぎり、打ち込みの気配が高まってきた。

ふいに、稲垣の寄り身がとまった。八相から打ち込む間合に迫っている。

イヤアッ！

突如、稲垣が裂帛《れっぱく》の気合を発した。

次の瞬間、稲垣の全身に打ち込みの気がはしった。ほぼ同時に、永倉の巨軀がさらに膨れ上がったように見えた。

タアッ！

トオッ！

両者の鋭い気合がひびき、体が躍動した。

稲垣が八相から面へ――。

永倉は体《たい》を右手にひらきざま青眼から胴へ――。

バチッ、という音がひびいた。

ふたりの竹刀が、それぞれの相手をとらえた。ほぼ同時だった。稲垣の竹刀が永倉の面を打ち、永倉のそれが稲垣の胴を払ったのである。

次の瞬間、ふたりは背後に大きく跳んだ。お互いが、相手の次の打ち込みを避けたのである。

ふたりは、ふたたび三間ほどの間合をとって対峙した。

……相打ちだ！

と、彦四郎はみた。ふたりは、それぞれ面と胴をとらえていたが、ほぼ同時である。

「できる！」

師範座所にいる藤兵衛が、稲垣を見すえながらつぶやいた。双眸が、鋭いひかりを宿している。剣客として、長年生きてきた凄《すご》みのある顔である。

次の打ち合いで、稲垣が面を取った。鍔迫《ぜ》り合いから、永倉が身を引いた瞬間、稲垣が飛び込んで面を打ったのだ。

それから、しばらく打ち合った後、今度は永倉が、籠手を打った。稲垣が八相から振り下ろした一瞬の隙をとらえ、籠手を打ったのである。

すると、稲垣が竹刀を下ろし、

「ここまでに、いたそう」

と、永倉に声をかけた。

「いいだろう」

永倉も身を引いた。

ふたりは間をとってから立礼し、道場の脇へ下がって座した。そして、稲垣は面をはずすと、

「いやァ、お強い。何とか、一本、取らせてもらったが、歯が立たぬ」

と、居並ぶ門弟たちにも聞こえる声で言った。

……手加減したのではない。

と、彦四郎は思った。

ふたりは、真剣に勝負していた。ほぼ互角の腕とみていい。

ふたりの勝負に目を奪われていた門弟たちの間から、私語が起こった。多くは、いい試合だった、という称賛の声だった。稲垣を悪く言う者はいなかった。稲垣は高堀と同じように遺恨を残さぬよう、お互いが一本取ったところで、竹刀を下ろしたようだ。

稲垣と高堀は胴もとって、その場で防具を片付け始めた。これで、稽古は終わりにしたいということである。

「わしの出番は、なかったな」

そうつぶやいて、藤兵衛が腰を上げた。

「ふたりとも、遣い手です」

彦四郎は、藤兵衛にそう声をかけて立ち上がった。

彦四郎と藤兵衛は、稲垣と高堀を戸口まで送って出た。永倉をはじめ、門弟たちは地稽古を始めている。

稲垣と高堀は戸口に立つと、

「いやァ、いい稽古をさせていただいた」

稲垣がそう言って、彦四郎と藤兵衛に頭を下げた。

「ふたりには、門弟の顔をつぶさぬよう、気を遣っていただいたようだ」

藤兵衛が言った。

すると、稲垣は顔の笑みを消し、

「次は、気を遣わずにやりたいものだ」

と、つぶやいた。

「……………」

「そのうち、そこもとらと立ち合うことになるかもしれん」

稲垣はそう言い残し、踵を返した。

彦四郎と藤兵衛は戸口に立ったまま、去っていくふたりの背を見送っていた。

「あやつら、門弟たちの腕を確かめに来たようだ」

藤兵衛が言った。

「それに、要之助がいるかどうか見に来たようです」

「このままではすまぬな」

彦四郎と藤兵衛は、戸口に立ったまま動かなかった。すでに、ふたりの視界から、稲垣と高堀の姿は消えていた。

第二章　ゆい

1

「お花どの、一手まいろうか」

永倉が厳めしい顔をして言った。

「よし、負けないぞ」

お花は手にした細くて短い竹刀を永倉にむけた。

道場内にいた川田、若林、笹倉欣之助《ささくらきんのすけ》などの若い門弟、それに入門して間もない十二、三歳の門弟たちが、「お花ちゃんと、ご師範の試合だ！」「お花ちゃんは、強いぞ」などとしゃべりながら永倉とお花のまわりに集まってきた。道場内には彦四郎、里美、それに要之助の姿もあった。要之助は、相変わらずだらしない恰好をしている。

月代と無精髭が伸び、袴もよれよれである。

午後の稽古が終わった後、里美が中心になって、若い門弟たちに素振りや打ち込みなどをさせていた。その稽古が終わると、永倉がお花の前に立って声をかけたのだ。

永倉は熊のような大男だが子供好きで、稽古が終わった後、お花と遊んでやることがあった。

彦四郎と里美は笑みを浮かべて、門弟たちの後ろからお花と永倉に目をむけている。

「まいるぞ」

永倉は竹刀を振りかぶり、お花の頭めがけてゆっくりと振り下ろした。

お花は、脇に跳んで永倉の竹刀をかわすと、前かがみになった永倉の頭をポカリとたたいた。

「まいった！」

永倉が、大声を上げてひっくり返った。

これを見ていた川田が、

「面《メン》、一本、お花ちゃんの勝ち！」

と、声を上げた。

まわりで見ていた若い門弟たちは、手をたたいたり笑い声を上げたりして喜んでいる。なかでも、入門して間もない門弟たちは、厳めしい顔をした永倉が、お花にたたかれてひっくり返ったのをみて、大喝采を上げた。要之助も、伸びた顎の髭を手で撫《な》でながら笑っている。

永倉は、むくりと立ち上がり、

「もう一本、まいるぞ」

そう言って、お花に竹刀の先をむけた。

「負けるものか！」

お花は、短い竹刀を青眼に構えた。

そのとき、戸口近くにいた吉川《よしかわ》という門弟が、戸口に近付いてきた足音を耳にして稽古場から出た。

すぐに、吉川は稽古場にもどり、彦四郎と里美のそばに歩を寄せた。

これを見た永倉は、

「だれか、来たようだ」

と言って、竹刀を下ろした。

お花も、だれか道場に来たことが分かったらしく、竹刀を手にしたまま里美のそばに走った。

「武士と娘さんが、見えています」

吉川が言った。

「娘だと……」

彦四郎は首をひねった。思い当たる者がいなかったのだ。

「行ってみよう」

彦四郎が戸口にむかうと、永倉も後につづいたが、里美と門弟たちは道場に残っていた。

「ゆいどのではないか」

戸口に立っていたのは、ゆいと笹森と、それに年配の武士だった。

「先日は、お助けいただきありがとうございました」

ゆいは、あらためて彦四郎と永倉に頭を下げた。

「どなたかに、ご用があってみえられたのかな」

いまになって、礼を言いに来たとは思えなかった。

　すると、年配の武士が、

「それがし、小堀家に奉公いたす用人の松波与八郎《まつなみよはちろう》にございます」

　と丁寧な物言いで名乗った後、

「実は、千坂どのに頼みがあってまいったのです」

　と、小声で言った。顔に、困惑したような表情がある。

　笹森は、黙って松波の脇にひかえている。笹森の身分は聞いてなかったが、松波より役柄は下なのであろう。

「頼みとは？」

　そのとき、ゆいが、

「わたしを、門弟にしてください」

　と、身を乗り出すようにして言った。

「ゆいどのが門弟に」

　思わず、彦四郎が聞き返した。

　永倉も、驚いたような顔をしてゆいを見た。

「はい、剣術を身につけたいのです」

ゆいが、彦四郎を見つめて言った。真剣な顔をしている。

「だ、だが、ゆいどのは……」

女だ、と言おうとして、彦四郎は口をつぐんだ。里美も女だし、お花は女児《おんなのこ》である。女だという理由で、断ることはできない。

「千坂さまの道場には、女の方で剣術の達者な方がおられるそうですね。それに、元服を終えたばかりの若い方や女児も、剣術の稽古をしていると聞きました」

ゆいが、きっぱりした口調で言った。

「確かに、稽古はしているが……」

彦四郎は語尾を濁した。そうかといって、ゆいのような娘を、門弟たちといっしょに稽古をさせるわけにはいかない。

「要之助さまも、入門されたと聞きました」

「………！」

そうか、ゆいは、要之助といっしょに稽古したいのだ、と彦四郎は気付いた。

「ともかく、上がってくれ」

彦四郎は、土間で話すようなことではないと思った、彦四郎と永倉が、ゆいたちを連れて道場に入ると、里美や若い門弟たちが驚いたような顔をして、ゆいに目をむけた。訪問者が、娘だとは思わなかったのであろう。

要之助はゆいと目を合わせると、顔を赤らめ、何か言いかけたが、口をつぐんだままだった。しきりに無精髭を、掌《てのひら》で撫でている。照れたときや困ったときに、髭を撫でるのが癖なのかもしれない。

ゆいも、ぽっと顔を赤らめたが、ちいさくうなずいただけで何も言わなかった。

彦四郎は、永倉に門弟たちを帰してくれ、と耳打ちしてから、ゆいたちを母屋に連れていった。

里美とお花は、彦四郎たちの後についてきた。

2

彦四郎は、里美に茶を淹《い》れるよう頼んでから、ゆい、松波、笹森の三人を庭の見える座敷に案内した。

障子があいていて、縁側の向こうに榎《えのき》の幹が見えた。一抱えもある太い幹である。

その幹の樹肌に、削られたような箇所があった。里美が六、七歳のころから、剣術の稽古のために木刀でたたいた傷跡である。いまは里美に代わって、お花が榎を相手に剣術の稽古をしている。

「大きな榎……」

ゆいは、榎に目をやってつぶやいたが、樹肌の傷跡には気付かなかったらしく、何も言わなかった。

彦四郎は座敷に腰を落ち着けると、

「ゆいどのは、剣術の心得があるのかな」

と、訊いてみた。

「小太刀の手解《てほど》きを受けたことがございます」

ゆいが答えた。

「道場でかな」

「いえ、家に仕える者に指南してもらいました」

「奥女中に、小太刀の心得のある者がおりまして、その者から……」

ゆいの脇に座した松波が言い添えた。

松波によると、ゆいが望んで、一年ほど奥女中に小太刀の遣い方を教えてもらったそうだ。

「それで、あのとき……」

彦四郎は、ゆいが柳原通りで三人の武士に襲われたとき、懐剣を手にして身構えていたのを思い出した。

「小太刀は、指南できないが」

彦四郎が言った。

「わたしにも、剣術を指南してください。……さきほど、道場で女のお子を見かけました。その子は、竹刀を手にしていました」

「あ、遊びだ」

彦四郎が声をつまらせて言った。

「あのお子は、千坂さまのお子ですか」

「そうだが……」

「では、お子のそばにいらっしゃったのが、千坂さまの奥さまですね」

「里美だ」

「里美さまは、剣術の達人と聞きました」

「た、達人などと……。剣術道場で育ったので、多少の心得があるだけだ」

彦四郎が、顔を赤らめて言った。

そこへ、障子があいて、里美が入ってきた。お花の姿はなかった。台所で、里美に菓子でももらって食べているのだろう。

「茶が入りました」

そう言って、里美は四人の膝先に湯飲みを置いた。

里美は、ゆいたち三人の目が自分にそそがれ、彦四郎の顔に困惑の色があるのを目にし、

「何か、ありましたか」

と、彦四郎に目をむけて訊いた。

「い、いや、ゆいどのに、剣術を指南してほしいと言われてな。どうしたものかと……」

彦四郎が語尾を濁した。

「里美さま」

ゆいは、里美に膝をむけ、

「わたしにも、剣術の指南をしてください」

と、訴えるような口調で言った。

「道場で、剣術の稽古をなさりたいのですか」

里美が驚いたような顔をした。

「はい、里美さまやお子のように、わたしも剣術を習いたいのです」

「で、でも……」

里美が戸惑うような顔をした。

「わたしは、小太刀の稽古をしたことがございます。剣術の稽古も、できるはずです」

ゆいの声には、強いひびきがあった。どうしても、道場で稽古をしたいらしい。

「しばらく、若い者たちといっしょに稽古したらどうかな」

彦四郎が言った。

「花も、いっしょにですか」

里美が訊いた。

「当初はな」

「わたしは、かまいませんが」

里美が、ちいさくうなずいた。

「ありがとうございます」

ゆいは畳に手をつき、里美と彦四郎に頭を下げた。

「ところで、道場には小川町から通われるのかな」

彦四郎が訊いた。いくら許婚であっても、道場の着替えの間に、要之助とふたりで寝泊まりすることはできない。

「はい」

ゆいが答えると、それまで黙って話を聞いていた笹森が、

「それがしが、ゆいさまの送り迎えをいたします」

と、言い添えた。

「だが、襲われるようなことになったら」

彦四郎は、笹森ひとりでは太刀打ちできないだろうと思った。

「ゆいさまが、狙われているわけではございません。それに、剣術の稽古に通うよ

うになれば、もうひとり供をつけるつもりでおります」

「それならいいが……。ところで、小堀家の方は、ゆいどのが剣術の稽古に通うことをご存じなのか」

彦四郎は、ゆいが家の者に内緒で来たのではないかと思ったのだ。

「むろん、殿も承知しておられます。それがしが、ゆいさまをお連れしたのも、殿のお言葉があったからです」

松波が言った。

「それならよいが」

「明日から、道場にまいります」

ゆいが、顔を紅潮させて言った。目がかがやいている。

それから、ゆいは里美から稽古のおりの身支度や持参する物などを聞いた。

話が済んだとき、里美が、

「要之助どのに、お逢いになっていかれたら」

と、小声で言った。

「はい……」

ゆいは頬を赤らめてうなずいた。

里美が、彦四郎といっしょに、ゆいたちを道場まで送りながら、

「ゆいどのは、要之助どのといっしょに稽古がしたいのですよ」

と、彦四郎の耳元でささやいた。

3

その日、彦四郎は朝の稽古を早めに切り上げ、里美とお花を連れて柳橋に足をむけた。華村《はなむら》に行くつもりだった。華村は料亭で、彦四郎の実家でもあった。それに、いまは義父の藤兵衛も華村に住んでいる。

彦四郎は、華村の女将の由江《よしえ》と、後に北町奉行になった大草安房守高好《おおくさあわのかみたかよし》との間に生まれた子だった。由江は父の名は明かさず、彦四郎を武士の子として育てた。それで、彦四郎は料亭で由江とともに暮らしながら、剣術も身につけたのである。

彦四郎には、大草が父親であるという記憶はまったくなかった。大草は彦四郎が生まれた後、町奉行になったこともあって、まったく華村に顔を出さなかったので

ある。

彦四郎は大草が父親であることは知っていたが、会った記憶もないし、会いたくもなかった。

由江と大草の関係も、大草が町奉行になってからは途絶えてしまったらしい。とときともに、大草を想うこともなくなったようで、いまはまったくの他人である。

いま、彦四郎の父親が大草であることを知る者は、彦四郎、里美、藤兵衛、それに母親の由江ぐらいである。

彦四郎は里美といっしょになると、千坂姓を名乗って道場を継いだ。彦四郎は武士として生きる決意をしたのである。

独りになった由江は、華村に難事があると、隠居の身になった藤兵衛を頼るようになった。藤兵衛は剣の達人だったので、華村がならず者や徒牢人などに強請《ゆす》られたときなど、頼りになったのだ。

一方、藤兵衛も彦四郎が道場を継ぐと、何となく居場所がなくなり、華村に顔を出すことが多くなった。そうしたかかわりのなかで、藤兵衛は由江と心を通じ合うようになり、華村でいっしょに住むようになったのである。

彦四郎たちが、神田川にかかる新シ橋を渡り、川沿いの道を東にむかって歩き始めたとき、里美が彦四郎に身を寄せ、

「網代笠《あじろがさ》の武士が、ずっと尾《つ》けています」

と、小声で言った。

「おれも、気付いている」

彦四郎は、豊島町の通りから柳原通りに出たとき、半町ほど後ろを歩いている網代笠の武士を目にとめた。その後、武士は彦四郎たちと半町ほどの間隔を保ったまま、背後を歩いてくる。

武士は大柄だった。網代笠をかぶり、小袖にたっつけ袴で二刀を帯びていた。武芸者のような恰好である。

「わたしたちを襲う気では……」

里美が、顔をけわしくして言った。

「相手はひとりだ。恐れることはない」

武士がひとりで、彦四郎たちを襲うとは思えなかった。それに、華村まで近かった。華村には、藤兵衛がいる。

しばらく歩くと、前方に浅草橋が見えてきた。橋のたもとには、大勢のひとが行き来している。

里美が背後を振り返り、

「武士は、いなくなったようです」

と、ほっとした顔をして言った。

彦四郎も振り返って見た。網代笠をかぶった武士の姿はなかった。どこか、別の道に入ったらしい。

「尾けてきたのではないようだ」

彦四郎が言った。


彦四郎たちが華村に着いたのは、四ツ半（午前十一時）ごろだった。店先に暖簾《のれん》が出ていたが、まだ客はいないらしく、ひっそりとしていた。

玄関の格子戸《こうしど》をあけ、彦四郎が奥に声をかけると、すぐに由江が姿を見せた。

「花ちゃん、いらっしゃい」

由江が嬉《うれ》しそうな顔をして、彦四郎たちを迎えた。由江にとって、お花はただひとりの孫である。

由江は四十路を超えていたが、肌は白く、艶《つや》があった。長年、料理屋の女将《おかみ》をつづけてきたこともあって、歳を感じさせない洗練された美しさがある。

「父上は」

里美が訊いた。

「座敷で、待っておられますよ」

そう言って、由江は彦四郎たちを帳場の奥の座敷に連れていった。そこには長火鉢が置いてあり、藤兵衛と由江の居間のようになっていた。

藤兵衛は長火鉢を前にして座っていたが、何となく落ち着かないようだった。無理もない。藤兵衛は武士だった。それに、剣術の道場主として生きてきた武骨な男である。なかなか、料理屋の旦那らしくなれないのだろう。

「おお！　花、待っていたぞ」

藤兵衛が声を上げた。

「祖父《じい》さまだ！」

お花は、藤兵衛のそばに飛んでいった。

藤兵衛は道場に姿を見せると、お花と遊んでやることがあった。遊ぶといっても、お花の剣術の相手である。彦四郎や門弟たちの相手をするときとちがって、お花に接するときは、別人のようにやさしい。

「みなさん、昼食《ちゅうじき》はまだでしょう」

由江が訊いた。

「はい、義母上《ははうえ》たちは」

里美は武家らしく、由江を義母上と呼んでいる。

「いっしょに食べるつもりで、みんなが来るのを待っていたんですよ。……ここに運びますから、待っててください」

由江は、急いで座敷から出ていった。

いっときすると、由江は女中のお松《まつ》といっしょに、膳を運んできた。お松は、四十半ばだった。長年華村に勤め、女中頭のような立場である。彦四郎は子供のころ、お松に子守してもらったこともあった。里美やお花のこともよく知っている。

「お花ちゃんには、卵焼きがありますからね」

お松は、お花のために卵焼きをつけてくれたようだ。

「卵焼き、大好き」

お花は、すぐに膳の前に座った。

昼食であったが、華村は料理屋だけあって、御飯と汁、煮染、酢の物、香の物などの他に、鯛の刺身がつき、藤兵衛と彦四郎には銚子もつけてあった。

「こうやって、みんなで食べると、ことのほか旨いな」

藤兵衛が満面に笑みを浮かべて言った。

4

「素振りは、これまでにするか」

永倉が、若い門弟たちに声をかけた。

朝稽古を終え、彦四郎や里美が道場を出た後、永倉は若い門弟たちの居残りの稽古に付き合っていたのだ。道場に残ったのは、近所に住居《すまい》のある若い門弟が十人ほどだった。そのなかに、要之助の姿もあった。ゆいは、帰っている。

「はい」

川田が応《こた》え、門弟たちは素振りをしていた木刀を下ろした。

「ところで、要之助」

永倉が声をかけた。

「何でしょうか」

要之助が、永倉のそばに来た。

「おまえ、相変わらず、だらしのない恰好をしているが、何とかならんのか」

「髭を剃るのは面倒だし、男らしくていいと思いますが……」

要之助が、指先で顎をこすりながら照れたような顔をした。

「男らしくないぞ。……無精に見えるだけだ」

永倉が渋い顔をした。

そのとき、戸口から若林が慌てた様子で道場に入ってきた。若林は、小半刻《こはんとき》（三十分）ほど前に残り稽古を切り上げ、帰り支度をして道場を出たばかりだった。

「どうした、若林」

永倉が訊いた。

「ご師範、道場の様子をうかがっているうろんな武士がいます」

若林が顔をこわばらせて言った。

「うろんな武士だと」

永倉が聞き返した。

すぐに、川田たち若い門弟が永倉のそばに集まってきた。

「は、はい、三人いました。路地の物陰から、道場に目をむけていました。……それに、ひとりは、道場に来た高堀のようでした」

「渋井どのと立ち合った高堀か！」

永倉の声が大きくなった。

「遠方で、はっきりしませんが……」

若林が首をひねった。

まわりに集まった川田たちは不安そうな顔をし、永倉に視線を集めている。

「見てみよう」

永倉は若林といっしょに戸口にむかった。要之助がつづき、川田たちが一塊《ひとかたまり》になり、忍び足で要之助の後についてきた。

若林と永倉が外から見えないように土間の隅に立つと、

「あそこです」

と、若林が左手の路地の先を指差した。

半町ほど先、路傍の椿《つばき》の樹陰に人影があった。椿はこんもりと枝葉を茂らせていて、武士であることは分かったが、顔も体付きもはっきりしなかった。路地から見えないようにうまく身を隠している。立っている位置から、道場の戸口が見えることは分かった。

「もうひとり、八百屋の陰にいる」

要之助が言った。

道場の斜向《はすむ》かいにある八百屋の脇に身を隠すようにして、武士がひとり立っていた。網代笠をかぶっている。

「要之助、あやつ、柳原通りで襲ってきたひとりではないか」

顔は見えなかったが、永倉は大柄な体軀に見覚えがあった。

「はっきりしませんが、そうかもしれません」

要之助が、顔をこわばらせた。

「ご師範！　路地の反対側にも、ふたり」

若林が右手を指差した。

路地沿いにある仕舞屋《しもたや》の板塀の陰に、ふたりの武士が立っていた。ふたりとも、網代笠をかぶっている。ひとりは、牢人かもしれない。小袖に袴姿だったが、黒鞘の大刀を一本落とし差しにしている。

「四人か！」

椿の樹陰と八百屋の陰にひとりずつ、板塀の陰にふたり、都合四人である。ただ、高堀らしい姿はなかった。若林が見間違ったのかもしれない。

「ど、道場を、襲うのでは……」

若林の声は震えを帯びていた。

「稽古が終わるのを、待っているのかもしれんぞ」

永倉が言った。稽古が終わり、門弟たちが道場を出てから、押し込んでくるのではあるまいか。

狙いは、要之助であろう。路地に身をひそめている者たちは、要之助が稽古の後も道場に残ることを知っているのだ。

……まずい！

と、永倉は思った。彦四郎も藤兵衛もいない。いま、四人で道場に踏み込まれたら太刀打ちできない。

「おい、道場へもどれ！」

永倉が、背後にいる門弟たちに声をかけた。

すぐに、川田たちは道場にもどり、永倉と要之助もつづいた。

「いいか、大勢で、稽古をしているようにみせるんだ。……木刀を打ち合え！　気合を出せ！」

永倉が声高に言った。

すぐに、門弟たちは、木刀を手にして道場内にひろがり、ふたりずつ向き合って気合を発し、木刀を打ち合った。道場内に、木刀の音と気合が耳を聾するほどにひびいた。

……表の路地を通らずに逃がすか。

永倉は、裏手から門弟たちを逃がそうかと思った。

道場から母屋の前に出て小径《こみち》をたどれば、まわり道になるが、襲撃者たちがひそんでいる路地を通らずに柳原通りに出られる。

……だが、きゃつらは、道場や母屋を家捜しするはずだ。逃げ遅れた者が、斬られるかもしれん……だれもいなければ、また、明日来る。

永倉は、この機をとらえて、返り討ちにしてくれよう、と思いなおした。

「川田、笹倉、ここに来い」

永倉が呼んだ。

ふたりは、木刀を手にしたまま息を弾ませて、永倉のそばに来た。顔がこわばっているが、怯《おび》えている様子はなかった。

「華村を知っているな」

「は、はい」

川田が永倉に顔を寄せて答えた。

「華村に、お師匠と大師匠がおられる。ふたりは急いで華村に行き、お師匠たちを呼んできてくれ」

柳橋まで、そう遠くない。急げば、間に合うはずだ。

大師匠とは、藤兵衛のことである。ここにいる門弟たちと、彦四郎と藤兵衛がいれば、襲撃者たちを返り討ちにできる。

「分かりました」

川田がうわずった声で言った。

「ご師範、やつらと闘うのですか」

要之助が顔をこわばらせて訊いた。

永倉は要之助には応えず、

「母屋の前に、抜け道があるな。そこを使え」

と、川田たちに指示した。

「はい」

川田と笹倉は、すぐにその場を離れた。

永倉は、門弟たちに、「木刀を打ちつづけろ」と指示した後、三、四人ずつ交替して呼び、自分の策を話した上で、

「いいか、無理はするな。危なくなったら、逃げろ。……きゃつらの狙いは、おまえたちではない。逃げれば、追ってこない」

と、言い添えた。

話を聞いた当初、怯えるような表情を浮かべた門弟も、逃げれば、追ってこない、

と永倉から聞いて安心し、やる気になったようだ。

要之助は困惑したような顔をし、

「ご師範、みんなを逃がしてください。……それがし、ひとりで道場に残ります」

と、永倉に訴えた。

要之助は、四人の武士が自分を討ちに来たと分かったようだ。

「要之助、おまえは、きゃつらに顔を見られないよう、早く逃げろ」

永倉が目をひからせて言った。

「ですが、それがしのために、門弟が討たれるようなことになったら」

要之助が切羽詰まったような顔をした。

「要之助、気にするな。これも、稽古のうちだ」

永倉には、これから一隊を率いて合戦に挑むような高揚感があった。

5

「ご師範、こちらに来ます！」

佐原が、うわずった声で言った。

永倉が路地に目をやると、ふたりの武士の姿が見えた。椿の樹陰にいた武士と八百屋の脇にいた武士が、道場の方に歩いてくる。

「様子を見に来るようだ」

いつまでも、稽古がつづいているので、不審に思ったのだろう。

「ど、どうします」

佐原が訊いた。

「まだ、早いな」

川田たちが、彦四郎たちを連れてくるまで、まだ小半刻（三十分）はかかるだろう。

「心張り棒を支《か》え！」

永倉と佐原は、戸口の板戸を音のしないように閉め、心張り棒を支った。たいした心張り棒ではないので、戸を強くたたけばはずれるかもしれない。

永倉は心張り棒を押さえていることも考えたが、板戸越しに刀を突き込まれれば、どうにもならない。

板戸はそのままにし、永倉は道場にもどった。そして、門弟たちに木刀を打ちつづけろ、と指示し、自分は土間近くに立って、戸口の様子をうかがった。

ふたりの足音が、戸口に近付いてきた。

足音は戸口の前でとまり、「まだ、稽古をつづけているのか」という野太い声が聞こえた。「おかしいな。もう、昼を過ぎている」別のひとりが言った。

「それに、表戸がしまっているのは、どういうわけだ」野太い声が、大きくなった。苛立《いらだ》ったひびきがある。

すると、ガタ、ガタ、と音がし、戸が激しく揺れた。ひとりが、戸をあけようとしたらしい。

「おい、心張り棒が支ってあるぞ！」別のひとりが言った。声がうわずっている。

「五木《いつき》どのたちを呼んでこい」と、野太い声が言った。

……いよいよ、来るぞ！

永倉は、道場にもどった。

仕舞屋の板塀の陰にいたふたりのなかに、五木という男がいるらしい。

川田と笹倉は、華村の格子戸をあけて店に飛び込んだ。

近くにいたお松が、ふたりの顔を見ると、

「い、いらっしゃいませ……」

と、驚いたような顔をして言った。若侍がふたり、いきなり店に飛び込んできて、苦しげに荒い息を吐いていたからである。

「ち、千坂道場から、来ました。お師匠は、おられますか」

川田が、声をつまらせて訊いた。

「みえています」

「す、すぐに、呼んでください。……大事が起きました」

「お、お呼びします」

お松も、声をつまらせた。

すぐに、お松は帳場の奥の座敷にむかった。障子をあけると、藤兵衛や彦四郎たちが、茶を飲みながら談笑していた。お花は、由江から菓子をもらったらしく、嬉しそうな顔をして食べている。

「ひ、彦四郎さま、道場の方がみえています」

お松が、うわずった声で言った。

「道場の者が……。だれだろう」

「若い方が、ふたり。大事が起きたと、おっしゃっています」

「大事だと」

彦四郎は、立ち上がった。

ふたりのやり取りを聞いていた藤兵衛と里美も立ち上がり、彦四郎の後につづいた。

彦四郎は戸口に立っている川田たちを見ると、

「何があった」

と、訊いた。

「大変です！　道場が、襲われそうです。ご師範に、お師匠と大師匠をお呼びするよう、言われてきました」

川田が早口に言った。

「すぐ、行く」

彦四郎は、座敷にとって返した。刀を取りに行ったのである。藤兵衛と里美も、座敷にもどった。

「わたしも、行きます」

と、里美も言ったが、彦四郎が、里美はお花といっしょにいてくれ、と頼むと、里美は思いとどまった。

彦四郎と藤兵衛は、戸口にいた川田たちとともに、外に飛び出した。

四人は懸命に走った。

彦四郎たちは柳橋の町筋を西にむかい、神田川沿いの通りに出た。

陽は、頭上にあった。九ツ半（午後一時）を過ぎているだろう。神田川沿いの通りは、いつもより人通りが多かった。ぼてふり、風呂敷包みを背負った行商人、町娘、供連れの武士などが行き交っている。

四人は、神田川にかかる新シ橋を渡って柳原通りに出た。

「こちらです！」

川田が声を上げ、脇道に入った。

脇道からさらに細い路地に入り、小径をたどって道場の裏手の母屋の前に出るのだ。川田と笹倉の足がもつれ、苦しげな喘《あえ》ぎ声が聞こえた。ふたりは、華村へ行くときも、走りづめだったので、苦しくなったらしい。

藤兵衛も、そうだった。剣術の稽古で鍛えた体だが、老齢ということもあって走るのは苦手である。腰がふらつき、肩で息をしている。

「先に行くぞ！」

彦四郎は、先に出た。ここまで来れば、母屋の前に出る道筋は分かる。

彦四郎は走った。いまごろ、道場内に襲撃者が押し入り、永倉と若い門弟たちだけでやりあっていると思うと、気が気ではなかった。

6

ドン、ドン、と板戸をたたく音がした。四人の武士が、戸口に集まり、板戸をあけようとしている。

……長くは、保《も》たぬ！

と、永倉はみた。たたいて、心張り棒が外れなければ、戸を取り外すだろう。古い戸なので、手間はかからないはずだ。

永倉は道場にとって返すと、要之助を呼び、

「母屋につづく廊下に、身をひそめていろ。姿を見せるな。そのうち、お師匠たちが来る」

と、指示した。

母屋と道場をつなぐ短い渡り廊下だが、床は板張りで両側は胸ほどの高さの板壁になっている。

「それがしも、いっしょに闘います」

要之助が目をつり上げて言った。

「おまえは、いない方がいい。お師匠たちが駆け付けるまで、間を保たせるのだ」

永倉は、要之助がいれば、ごまかしようがないと思った。

要之助は不服そうな顔をしていたが、

「……分かりました」

そう言い残し、廊下にむかった。

「もう、木刀は打ち合わなくてもいいぞ。……廊下のそばに集まっていて、危なくなったら逃げろ」

永倉が門弟たちに指示した。

門弟たちは、木刀を手にしたまま母屋につづく廊下のそばに集まった。永倉だけが二刀を帯びて、道場のなかほどに立っている。

戸口で、ガタッ、と大きな音がし、つづいて「あいたぞ！」という声が聞こえた。

「来るぞ！」

永倉が門弟たちに声をかけた。

すぐに、戸口に近い板戸があいて、武士が踏み込んできた。四人――。いずれも網代笠をかぶっていた。三人は、小袖に袴姿で二刀を帯びていた。主持ちの武士であろうか。もうひとりは、牢人らしかった。黒鞘の太刀を一本だけ落とし差しにしている。

「何者だ！」

永倉が、大声で誰何《すいか》した。

門弟たちは顔をこわばらせ、身を硬くして、侵入してきた四人の武士に目をむけている。大柄な武士が、集まっている門弟たちに目をやり、

「岩田要之助は、どこにいる」

と、語気を強くして訊いた。

「いきなり、道場に踏み込んできて、何たる言い草だ！　まず、うぬらから名を名乗れ」

永倉が、大柄な武士を見すえて言った。

「岩田は、どこにいる！」

大柄な武士が、恫喝するように訊いた。

「ここには、いない」

「どこにいるのだ！」

大柄な武士が、叫んだ。

「知らぬ。すでに、稽古は終わっている。見てのとおり、ここにいるのは、残り稽古をしている若い者だけだ」

永倉が言った。

「いや、やつは、道場内にいるはずだ。道場から出ていないからな」

別の武士が言った。どうやら、道場を見張り、稽古を終えて出ていく門弟たちに目を配っていたようだ。

「見逃したのだろう」

永倉が言った。

「道場内を探せ！　どこかに、身をひそめているはずだ」

大柄な武士が、三人に指示した。

「待て！　勝手な振る舞いは、許さんぞ」

永倉は四人の武士の前に立ちはだかり、刀に手をかけた。

「おぬし、ひとりで、われらに歯向かう気か！」

大柄な武士が、刀に手をかけた。

すると、他の三人も柄を握り、抜刀の気配を見せた。

これを見た永倉が、集まっている門弟たちに逃げるよう手で指示すると、門弟たちは廊下にむかって、後じさりし始めた。永倉もここで四人とやり合わず、頃合をみて逃げるつもりだった。

そのときだった。「待て！」と声がし、門弟たちを掻き分けるようにして要之助が道場に飛び出した。

「それがしは、ここにいるぞ！」

要之助が叫んだ。

……なぜ、出てきたんだ！

永倉が胸の内で叫んだ。これでは、四人に道場内を探させて時を稼ぐことができない。

「いたぞ！」

大柄な武士が声を上げ、刀の柄に手をかけた。

「うぬら、何者だ！」

要之助が、大柄な武士を睨みながら誰何した。

「何者でもいい。おれたちは、うぬを斬るだけだ」

武士は、名乗らなかった。

「なにゆえ、それがしを斬るのだ」

要之助が、さらに訊いた。

「問答無用！」

大柄な武士は抜刀し、斬れ！　と他の三人に声をかけた。

三人の武士が、次々に抜刀した。

永倉は後じさりながら、門弟たちに、逃げろ！　と声をかけた。門弟たちは廊下へ逃げた。廊下の床板を踏む激しい音が、道場内にもひびいた。

「お、おのれ！」

要之助が目をつり上げて刀を抜いた。

永倉も抜刀し、要之助の前にまわり込みながら、

「廊下へ行け！　相手はひとりになる」

と、叫んだ。

永倉は廊下で闘うつもりだった。

すぐに、要之助は反転し、門弟たちの後を追うように廊下へ走り込んだ。永倉がつづき、廊下のなかほどまで来ると、踵を返した。

大柄な武士たちが、抜き身を手にしたまま後を追ってきた。

「さァ、こい！」

永倉が切っ先を大柄な武士にむけた。

要之助は、永倉の背後に立っている。廊下は狭く、ふたりが並んで立ち向かうこ

とができないのだ。

四人の武士も、そうだった。永倉たちの脇や背後にまわり込むことはできない。一対一で闘うしかないのだ。

大柄な武士は永倉に切っ先をむけたが、間をとったまま逡巡していた。この場で闘うのは、不利とみたのだろう。

「ふたり、後ろにまわれ！」

大柄な武士が、背後の三人に声をかけた。

「承知」

別の武士が反転し、牢人体の男がつづいた。

ふたりはいったん道場を出て、母屋の脇から廊下へ踏み込むつもりなのだ。そうすれば、永倉と要之助を挟み撃ちにすることができる。

7

母屋の前に、佐原たち若い門弟が集まっていた。どの顔にも、逡巡と不安の色がある。佐原たちには、このまま道場から逃げたら、永倉と要之助を見殺しにする、という思いがあったのだ。

そのとき、横田《よこた》俊太郎《しゅんたろう》という若い門弟が、

「お師匠だ！」

と、声を上げた。

見ると、母屋の前につづく小径の先に、彦四郎の姿が見えた。彦四郎は、懸命に走ってくる。

「大師匠も来られるぞ！」

佐原が叫んだ。

彦四郎の後方に、藤兵衛と迎えに行った川田たちの姿が見えた。三人は、よろめくような足取りで走ってくる。

彦四郎は佐原たちのそばに駆け寄ると、

「な、永倉と要之助は、どうした」

と、喘ぎながら訊いた。彦四郎の顔は紅潮し、汗がひかっていた。走りづめで来たらしく、肩で息をしている。

「道場にいます！　武士が四人、押し込んできました」

佐原が、うわずった声で言った。

そのとき、道場から母屋につづく廊下で、永倉の声が聞こえた。どうやら、廊下にいるらしい。

すぐに、彦四郎は抜刀し、廊下にむかった。母屋に入らずに、家の脇から廊下へ入ることもできる。

「お師匠！　こっちに来ます」

若い門弟のひとりが、道場の方を指差した。

見ると、ふたりの武士がこちらに走ってくる。ひとりは牢人体だった。

「こっちが先だ！」

彦四郎は足をとめ、ふたりの方へ走った。

ふたりは彦四郎を目にすると、驚いたような顔をして足をとめた。

「やつは、千坂だ！」

武士のひとりが声を上げた。

「おい、他にも来るぞ」

牢人体の男が、集まっている門弟たちの右手を指差した。

藤兵衛と川田たちである。三人は、門弟たちのすぐ脇まで来ていた。藤兵衛は苦しいらしく、ハァハァと肩で息している。

「やつは、千坂藤兵衛だ！」

武士のひとりが叫んだ。

「まずい。これだけいたら、返り討ちにあうぞ」

牢人体の男が、苦々しい顔をした。

彦四郎は抜刀し、ふたりの男に迫ると、

「さァ、こい！」

と言って、牢人体の男に切っ先をむけた。そこへ、藤兵衛も近付いてきた。

牢人体の男は後じさった。彦四郎と藤兵衛にくわえ大勢の門弟がいては、太刀打ちできないとみたようだ。

「引け！」

武士のひとりが、後じさりながら叫んだ。

ふたりは反転すると、道場にむかって走った。そして、廊下のそばに走り寄り、

「千坂や藤兵衛たちが、もどったぞ！」

と、別の武士が叫んだ。廊下にいる仲間に知らせたのである。

このとき、大柄な武士は永倉と対峙していたが、別の武士の声が聞こえると、刀を青眼に構えたまま後じさり、

「五木、引き上げるぞ」

と、声をかけた。どうやら、中背の武士が五木という名らしい。

大柄な武士と五木は、刀を手にしたまますばやく後じさり、道場へ出ると、反転して戸口の方へ駆けた。

永倉と要之助は、大柄な武士と五木を追った。だが、ふたりの逃げ足は速かった。ふたりは戸口から外へ飛び出すと、抜き身を引っ提げたまま路地を走った。

「待て！」

永倉と要之助も、戸口から飛び出して追った。

だが、逃げるふたりの背は、だいぶ遠ざかっていた。永倉たちは足をとめた。追っても、追いつかないとみたのである。

そのとき、母屋の方から逃げてきたふたりが路地に飛び出し、先を行く大柄な武士と五木を追うように走った。

「お師匠たちだ！」

要之助が声を上げた。

道場の脇から、彦四郎、藤兵衛、それに若い門弟たちが次々に路地に走り出た。若い門弟たちのなかには、逃げる四人の後ろ姿を目にし、安堵《あんど》の声を上げる者や罵《ば》声《せい》を浴びせる者もいた。

彦四郎と藤兵衛は、道場の前に立っている永倉と要之助を目にし、近寄ってくると、

「ま、間にあったようだ」

と、藤兵衛が声をかけた。まだ、藤兵衛の息ははずんでいる。

門弟たちも、その場に集まってきた。

「ご師範やみんなに、助けられました」

要之助が、門弟たちにも聞こえる声で言った。

「あの四人、道場に踏み込んできたのか」

彦四郎が訊いた。

「道場を見張り、お師匠や門弟たちが道場を出たのを見てから、踏み込んできたようです」

永倉が、藤兵衛にも聞こえる声で言った。

「要之助、あの者たちは何者なのだ」

彦四郎が要之助に目をむけて訊いた。

「それが、分からないのです。……名も知らないし、なぜ、命を狙われるのかも分かりません」

要之助が、困惑に顔をゆがめて言った。

「うむ……」

彦四郎は、要之助が嘘を言っているとは思えなかった。要之助は、ずぼらで野放図なところがあるが、案外素直で正直なのである。

「いずれにしろ、このままでは終わらんな」

藤兵衛が、顔をけわしくして言った。

8

母屋の座敷に、六人の男女が集まっていた。彦四郎、藤兵衛、永倉、要之助、それにゆいと笹森である。

午後の稽古が終わり、門弟たちが帰った後、笹森が長塚浜之助《ながつかはまのすけ》という若党といっしょにゆいを道場に迎えに来た。笹森と長塚は、ゆいを道場に送ってきた後、稽古が済むまで母屋の縁先で待っていたのだ。

彦四郎は笹森たちの姿を目にすると、

「笹森どの、お訊きしたいことがあるので、母屋へ来ていただけぬか」

と、声をかけ、あらためて笹森にゆいといっしょに母屋に来てもらった。長塚は、道場で待っているはずである。

「一昨日、柳原通りで要之助やゆいを襲った者たちに、道場が襲われたのは、ご存じであろうか」

彦四郎が切り出した。

彦四郎は、ゆいが道場で稽古を始めたときから、ゆいと呼び捨てにしていた。身分のある旗本の娘だったが、他の門弟もほとんど武家の子弟なので、ゆいだけ特別に扱うことはできなかった。

「昨日、岩田どのからお聞きしました」

笹森が眉を寄せて言った。

「四人の狙いは要之助らしいが、笹森どのとゆいに、何か心当たりはないかな」

彦四郎が、あらためて訊いた。

「ございません」

笹森が言うと、ゆいも困惑したような顔をしてうなずいた。

「要之助にも、心当たりはないそうだ。恨みでもないようだし、金が目当てでもないらしい。……それに、あの四人の他にも仲間がいるかもしれん」

彦四郎は、道場に乗り込んできて立ち合いを所望したふたりの武士も、道場を襲った四人と何かつながりがあるとみていた。

彦四郎につづいて、口をひらく者はいなかった。藤兵衛と永倉も、むずかしい顔をして口をつぐんでいる。

「岩田家にかかわりがあるかと思い、要之助に訊いてみたが、思いあたることはないそうだ」

彦四郎が言うと、

「小堀家でも、これといったことはありませんが……」

笹森は語尾を濁し、困惑したような表情を浮かべた。

彦四郎は笹森の顔を見て、

……笹森どのは、何か隠している。

と、感じた。

「笹森どの、思いあたることがあったら話してほしい。このままでは、また、いつ道場に踏み込んでくるかしれないのだ。……たまたま、永倉が機転をきかして助かったが、次はどうなるか分からない」

彦四郎の本心だった。要之助を襲った四人に、道場で立ち合ったふたりの武士がくわわれば、彦四郎と藤兵衛がいても、要之助は守りきれなかったかもしれない。それに、門弟たちがいるときに襲われれば、何人もの犠牲者が出る。

言いづらいが、このままでは、要之助に道場を出てもらうしかない、と彦四郎はそこまで考えていた。

　重苦しい沈黙が、座敷をつつんだとき、

「わたしと要之助さまがいっしょになるのを、邪魔しようとしているのかもしれません」

　ゆいが、声を震わせて言った。顔が蒼《あお》ざめ、目がつり上がっている。ふだんとはちがう、きつい顔だった。

「ゆ、ゆいさま、それは、それがしから……」

　笹森が慌てて口をはさんだ。

　彦四郎や藤兵衛たちの視線が、笹森に集まった。

「た、確かなことは分かりませんが……。実は、小堀家の家督相続のことで、揉《も》め事がございまして」

　笹森が震えを帯びた声で切り出した。

　小堀家と岩田家の間で、ゆいと要之助の婚礼の話がまとまったのは、一昨年だという。そのころ、小堀家の当主、富左衛門は御目付の要職にあった。一方、岩田家の当主、岩田依之助《よりのすけ》は、御目付配下の御徒目付組頭で富左衛門に直属し、事務の補佐や幕臣の起こした事件の探索などに当たっていた。

依之助は富左衛門に尽くし、富左衛門も依之助を気に入っていた。両家の屋敷が近かったこともあり、依之助が小堀家を訪れ、富左衛門の指示を直接仰ぐようなこともあった。そうした繋がりのなかで、しだいに両家の関係は親密になった。

そして、一昨年のこと、富左衛門の長女ゆいと岩田家の次男、要之助の婚礼の話が持ち上がったという。

そこまで、笹森が話したとき、

「要之助さまとのことは、わたしから話します」

そう言って、ゆいがその後のことを話しだした。

要之助とのことは、ゆいが父親に直接話したという。

ゆいが要之助と知り合ったのは、三年ほど前だった。ゆいが女中と中間《ちゅうげん》を供に連れて外出したおり、騎馬の旗本が近くを通りかかった。

そのとき、突然路地から犬が飛び出し、旗本を乗せた馬の鼻先を横切った。驚いた馬が棹立ちになり、乗っていた旗本を振り落として駆けだした。

馬は暴走し、ゆいめがけて疾駆してきた。

ゆいは逃げようとしたが、身が竦《すく》んでしまった。咄嗟《とっさ》のことで、そばにいた女中と中間は、なす術《すべ》もなくその場に棒立ちになっていた。

あわやというときに、近くを通りかかった要之助が駆け寄り、ゆいを抱えたまま路傍に倒れた。暴れ馬は、折り重なって倒れたゆいと要之助の脇を駆け去り、間一髪、ゆいは助かったという。

その後、ゆいは要之助と話すようになった。話すといっても、屋敷の近くで顔を合わせたおりに、それとなく言葉を交わす程度だった。ただ、ゆいと要之助の住む屋敷が近かったこともあって、何度か顔を合わせて話すうちに、逢瀬を重ねるような仲になったという。

「そのころ、他家の方から輿入《こしい》れの話がありました。それで、思い切って、要之助さまとのことを父上に話しました」

富左衛門は、呆れたような顔をしてゆいの話を聞いていたが、

「おまえが、それほどまでに要之助を慕っているなら、いっしょになるがよい」

そう言って、要之助の嫁になることを認めてくれたという。

富左衛門の胸の内には、気心の知れた依之助の倅《せがれ》なら、という思いもあったらし

い。

9

「それで、どうしたな」

藤兵衛が話の先をうながした。

「い、家に、不幸が重なって……」

ゆいが、涙ぐんで言葉をつまらせると、

「それがしから、お話ししましょう」

そう言って、笹森が後をつづけた。

「昨年の冬でございます。北風が吹き荒れ、寒い日が何日もつづいたことを覚えておられると思いますが、富左衛門さまと嫡男の恭之助《きょうのすけ》さまが相次いで流行風邪《はやりかぜ》に罹《かか》り、恭之助さまが亡くなられたのです」

富左衛門の子は、嫡男の恭之助、長女のゆい、それに十二歳になる次女のきよだという。恭之助は二十二歳で、ゆいが要之助に嫁ぐ前に大身の旗本の娘を嫁に迎え、小堀家を継ぐことが決まっていた。そうしたおりの突然の死だったので、富左衛門の衝撃は大きかった。

「富左衛門さまご自身の病もなかなか癒えず、長く病床に臥《ふ》せっておられました。……そうしたことがあって、お役をつづけることができず、御目付から身を引かれたのです。恭之助さまが亡くなられて、半年ほど後のことです」

笹森によると、富左衛門は老齢ということもあって、恭之助に家を継がせた後、相応の役柄に出仕させ、自分は隠居するつもりだったという。

「富左衛門どのが、気を落とされたお気持ちは、わしにも分かる」

藤兵衛が、つぶやくように言った。

「それで、家督相続の揉め事とは？」

彦四郎が話の先をうながした。

「恭之助さまが亡くなられた後、小堀家を継がれるのは、ゆいさまの婿になられる方ということになります」

笹森が小声で言った。

「要之助か！」

思わず、彦四郎の声が大きくなった。

「はい、次女のきよさまは、まだ十二歳ですので、富左衛門さまはゆいさまに婿を迎え、小堀家を継いでほしいと思われたようです」

「当然だな。……要之助を婿に迎えれば、すんなり収まる話でござろう」

藤兵衛が言った。

彦四郎も、要之助が小堀家の入り婿になれば、うまく収まると思った。幸い要之助は岩田家の次男だった。それに、ゆいとの祝儀の話も決まっているらしい。

「まさか、要之助が小堀家に入るのを嫌がっているのではあるまいな」

藤兵衛が、要之助に目をむけて訊いた。

「い、いえ、それがしのような者には、もったいない話だと思っていますが、ただ……」

要之助が、困惑したような顔をした。

「ただ、なんだ?」

「それがしが小堀家に入るのを、反対される方がおられるようですし、家柄も違いますし……」

要之助が、言葉を濁すと、

「その件でござる」

笹森が後をとって話しだした。

三月《みつき》ほど前、富左衛門さまの弟の米沢修蔵《よねざわしゅうぞう》さまが屋敷においでになり、次男の助《すけ》次郎《じろう》さまをゆいの婿にし、小堀家を継がせたらどうか、との話があったという。

米沢は妾腹の子で、小堀家で育ったのではないそうだ。しかも、若いころ米沢家の婿に入って家を継いだこともあり、小堀家にはあまり顔を出さなかった。なお、米沢家は三百石の旗本だという。

米沢家には政之助《まさのすけ》という嫡男がおり、家を継ぐことが決まっているそうだ。

笹森がそこまで話したとき、

「わたしは、嫌です。助次郎どのは、まだ元服を終えたばかりで、十二と聞いています。……わたしは、父上にはっきりと申し上げました。助次郎どのと、いっしょにはなりませんと」

ゆいが目をつり上げ、きつい声で言った。

「十二では、子供じゃからな。それに、ゆいには要之助がいる。……それで、富左衛門どのはどう申されたのだ」

藤兵衛が訊いた。

「米沢さまの申し出を断られたようです。……ただ、はっきりしたことは、それがしにも分かりません」

笹森は、さらに話をつづけた。

「米沢さまは、それ以上強くは言われなかったと聞いていますが、その後、米沢さまは頻繁に屋敷に見えるようになり、富左衛門さまと話しておられるようです。それに、要之助さまが命を狙われるようになったのは、米沢さまが屋敷に来られるようになってからだと、ゆいさまからお聞きし……」

笹森は、語尾を濁した。

「それで、米沢どのが、ひそかに要之助の命を狙っているとみたのだな」

藤兵衛の顔が、けわしくなった。

話を聞いていた彦四郎も、背後で糸を引いているのは、米沢どのかもしれない、と思った。要之助が死ねば、ゆいは助次郎を婿に迎えなければならなくなる。そして、十二歳の助次郎が千石を喰む小堀家を継ぐことになるのだ。

「ただ、それがしの、勝手な推測でして……」

笹森は、自信のなさそうな顔をした。

次に話をする者がなく、座敷が重苦しい沈黙につつまれたとき、

「ところで、要之助、おぬしの気持ちはどうなのだ」

藤兵衛が、要之助を見すえて言った。

「気持ちとは……」

要之助は戸惑うような顔をし、顎をゴシゴシと擦った。

「ゆいどのを、どう思っているか、ということだ。どのような困難があっても、ゆいどのを守り、共に生きていく覚悟があるのか、と訊いておる」

要之助は顔をひきしめ、

「あります。それがしは、どんなことがあっても、ゆいどのを守ります」

と、重いひびきのある声で言った。

要之助の手が、顎から離れた。双眸に強いひかりが宿っている。

第三章　剣術道場

1

エイッ！

という気合につづいて、戛《かっ》、という乾いた音がひびいた。

お花が、庭の榎の幹に木刀を打ちつけたのだ。お花は里美とふたりで庭に出て、剣術の稽古をしていた。

榎を敵とみて、踏み込んで袈裟《けさ》に打ち込んだり、胴を払ったりしていた。里美が子供のころやっていた稽古と同じである。

里美は、ときおり、「手の内を絞って」とか「背筋を伸ばして」とか、お花に声をかけている。

縁先には、藤兵衛と彦四郎がいた。ふたりは、お花の稽古を見ながら、茶を飲んでいた。

「わしは、気になっていることがあるのだ」

藤兵衛が言った。

「気になるとは？」

「道場に来て立ち合いを所望した、稲垣と高堀のことだ。ふたりとも、此度《こたび》の件にかかわっているような気がしてならぬ」

「そういえば、若林が、道場を見張っていた者のなかに、高堀らしい男がいたと口にしていました」

彦四郎は、永倉から道場に踏み込んできた四人のなかに、高堀はいなかったと聞いていたので、若林が見間違ったのだろうと思っていた。

「あの日、稲垣と高堀は、道場に要之助がいるかどうか確かめに来たのではないかな。それに、門弟たちの腕のほどをみるためもあった。……機会をとらえ、道場に踏み込んで要之助を斬るためにな」

「わたしも、そうみています」

彦四郎が言った。

「それに、あのふたり、遣い手だ」

「いかさま」

彦四郎も、稲垣と高堀が遣い手であることは分かっていた。

「それも、正統な剣を長く修行して身につけたものだ。けれんや嵌《は》め手が、見られなかったからな」

「…………」

「わしは、ふたりが道場主か師範代のような立場ではないかとみたのだ」

「そうかもしれません」

彦四郎も、稲垣たちふたりの剣は、道場の稽古をとおして身につけたものとみていた。

「もしそうだとすると、稲垣と高堀は、なぜ小堀家の跡継ぎの件にかかわっているのであろうな」

「……分かりません」

彦四郎には、見当もつかなかった。

「ここを襲った四人のなかにも、稲垣たちと同じ道場の門弟がいるのではないかな。

……わしのみたところ、四人ともなかなかの腕だったぞ」

「たしかに、腕のたつ者たちでした」

「どのような理由があるか分からないが、他の道場の者たちが大勢で要之助の命を狙っているとなると、容易なことではないぞ」

「……………！」

彦四郎が無言でうなずいた。

「おそらく、きゃつらは簡単に手を引くまい。ふたたび、道場を襲うかもしれんし、要之助をおびき出して討つかもしれん。……このまま、手をこまねいていたら、要之助はきゃつらに討たれような」

藤兵衛の顔に憂慮の翳《かげ》が浮いた。

「ですが、相手が知れないと……」

手の打ちようがない、と彦四郎は思った。

「それでな、こちらからも手を打とうと思うのだ」

藤兵衛が、声をあらためて言った。

「手を打つとは？」

「まず、稲垣と高森、それに道場を襲った四人が何者か、つかむことだ。……なに、ひとり分かれば、他の者たちもすぐに知れる」

「佐太郎《さたろう》に頼みますか」

彦四郎が声を大きくして言った。

佐太郎は町人だが、千坂道場の門弟のひとりだった。何年か前まで、町筋をまわってしゃぼん玉売りをしていた。剣術が好きで、町人ではあるが、千坂道場の門弟になったのだ。ところが、佐太郎は千坂道場がかかわった事件の探索のおりに、弥《や》八《はち》という岡っ引きと知り合い、しばらく手先をしていたこともあって、稽古から遠ざかった。

その後、北町奉行所の臨時廻り同心の坂口主水《さかぐちもんど》に、手札をもらって岡っ引きになったのである。

佐太郎は、いまでも千坂道場の門弟だが、岡っ引きの仕事がいそがしいのか、道場にはあまり姿を見せなかった。

「そうだな、佐太郎なら、わしらより確かだ」

「明日にでも、近くの門弟に頼んで、佐太郎に声をかけてもらいますよ」

「佐太郎には、彦四郎から話してくれ」

彦四郎と藤兵衛が、そんな話をしているところに、里美とお花が近付いてきた。剣術の稽古を終えたらしい。

お花の色白の顔が、朱を刷いたように染まり、汗がひかっていた。

「花、上手になったな」

藤兵衛が目を細めて言った。

「祖父《じい》さま、ここにいても、分かるの」

お花が訊いた。

「分かるさ。お花の気合を聞いただけでな」

「気合で、うまくなったか分かるの」

お花が、首をひねった。

「分かるんですよ。気合でなく、花が木刀で木を打ったときの音でも、上手になったのが分かるんです」

里美が、ほほ笑みながら言った。

嘘ではなかった。藤兵衛は気合を耳にしても、ある程度腕のほどが分かったし、木刀を打ち合う音でも、打ち込む迅《はや》さと強さ、刃筋が立っているかなどを聞き分けることができた。

「花、汗を拭《ふ》いてな。母上に、菓子でももらうといい」

藤兵衛が言った。

「はい!」

お花は里美の手を引っ張って、台所にむかった。

2

「お師匠、佐太郎さんです」

川田が、彦四郎のそばに来て言った。

午後の稽古を終え、彦四郎と永倉が型稽古をしているときだった。居残りで、木刀の素振りをしていた川田が着替えて、道場から出たところだった。戸口で、佐太郎と顔を合わせたらしい。

「ここに来るように伝えてくれ」

彦四郎は永倉に、

「これまでにするか」

と声をかけ、木刀を下ろした。

そこへ、佐太郎が入ってきた。細縞の小袖を裾高《すそだか》に尻っ端《ぱし》折《しょ》りし、黒股引を穿《は》いている。岡っ引きらしい恰好である。

「ヘッへへ……、やってやすね」

佐太郎が、ニヤニヤしながらそばに来た。

「頼みたいことがあってな。まァ、ここに腰を下ろしてくれ」

彦四郎は、道場の床に腰を下ろした。

すぐに、永倉と佐太郎も床に腰を下ろし、彦四郎に顔をむけた。

「佐太郎、道場が襲われたのを知っているか」

彦四郎が切り出した。

「知ってやす。川田から聞きやした。道場に押し入ってきたのは四人組の武家で、若師匠やご師範がやり合い、追い返したそうで……。そいつら、新しい門弟の命を狙ってると聞きやしたぜ」

若師匠とは、彦四郎のことである。佐太郎は、藤兵衛のことを今でもお師匠と呼んでいる。佐太郎は、おしゃべりで凝《じっ》としていることが嫌いだった。長年町筋をまわり、口上を述べながらしゃぼん玉を売り歩いたせいか、ぺらぺらとよくしゃべる。

「新しい門弟は、岩田要之助という男だ」

彦四郎は、要之助とゆいのこと、ふたりが家督争いに巻き込まれているらしいことなどをかいつまんで話し、

「何者か知れないが、何人もの武士が、要之助の命を狙っているようだ」

と、言い添えた。

「それで、あっしは何をすればいいんで」

佐太郎の顔から薄笑いが消えている。

「まず、稲垣源十郎と高堀三郎兵衛という男だ。ふたりの居所と、何者なのかをつきとめてほしい」

彦四郎は、ふたりが道場に来て立ち合ったことを話した。

「何か、手繰る手掛かりがあるんですかい」

佐太郎が訊いた。

「ふたりは、腕がたつ。……道場主か、師範代ではないかとみている」

「何流か、分かりやすすか」

佐太郎も千坂道場の門弟だったので、剣術の両派が分かれば、探りやすいとみたようだ。

「伊庭道場に通っていたと口にしたが……」

彦四郎は、あてにならないと思っていた。

「心形刀流ですかい」

「そのように言っていたが、いまは一門から離れているとみた方がいいな」

「分かりやした。近くの道場から、あたってみやしょう」

「それから、道場に押し込んできた四人だ」

そう言って、彦四郎は四人の顔付きや体軀などを話した後、

「四人のなかに、五木と呼ばれる男がいた。五木という名を耳にしたら、それも知らせてくれ」

と、頼んだ。

「それで、弥八親分はどうしやす」

佐太郎は、岡っ引きの弥八の手先をしていたことがあり、いまでも弥八のことを親分と呼んでいる。

「様子をみて、弥八にも頼もう」

彦四郎は弥八に頼むなら、その前に、藤兵衛をとおして臨時廻り同心の坂口にも話さねばならないと思っていた。

弥八は、坂口の指図を受けて動いている身だった。それに、坂口は若いころ藤兵衛の門弟として、千坂道場に通っていたことがあった。しかも、坂口の倅の綾之助《あやのすけ》は、いま千坂道場の門弟として通っている。親子二代にわたる千坂道場の門弟で、藤兵衛とは昵懇《じっこん》だったのだ。

「承知しやした」

「佐太郎、油断するなよ。いずれも腕がたつぞ」

彦四郎が念を押すように言った。

「油断はしませんや」

そう言い残し、佐太郎は腰を上げた。

佐太郎の姿が道場から消えると、

「永倉、要之助の姿が見えないが、どこかへ行ったのか」

彦四郎が、訊いた。

午後の稽古を終えると、要之助はすぐに着替えの間に入り、残り稽古にはくわわらなかった。道場を出たらしい。

「ゆいを送っていったようだぞ」

永倉が言った。

永倉は彦四郎とふたりだけになると、同僚のような物言いをする。ふたりは、ほぼ同年だった。それに、永倉が道場から遠くない日本橋久松町の町宿《ちようしゆく》に、おくめという妻女とふたりで住んでいることもあって、気楽に行き来する間柄でもあった。そうしたことがあって、ふたりだけになると親しい物言いになるのだ。

町宿というのは、大名の江戸詰の藩士が、藩邸内に入りきれなくなったとき、市中の借家などに住むことである。

「襲われるようなことは、あるまいな」

彦四郎は、心配になった。ゆいの供には、笹森と長塚がついているが、四人の武士に襲われたら太刀打ちできないだろう。

「もう、帰るころだが……」

永倉も、心配そうな顔をした。

「そこまで、行ってみるか」

彦四郎は、柳原通りまで出てみようと思った。

「そうだな」

ふたりは、立ち上がった。

3

永倉は道場の戸口から出ると、すぐに足をとめた。

「おい、椿の陰を見てみろ」

永倉が、指差しながら言った。

「だれかいるな」

彦四郎は、半町ほど先の椿の樹陰に人影があるのを目にとめた。路地から見えないように身を隠しているが、道場の戸口からは姿の一部が見える。袴姿で刀を帯びていた。顔は見えなかったが、武士であることは分かる。

「あそこは、四人組が襲ったとき、道場を見張っていた場所だ」

永倉が言った。

「すると、四人組のひとりか」

「そうみていいな」

「他にはいないか」

彦四郎は、路地の左右に目をやった。

永倉も、斜向かいの八百屋の脇や仕舞屋の板塀の陰などに目をやった。そこも、四人組が、襲撃時に身を潜めていた場所である。

「いないな」

永倉が言った。

「見張っているのは、ひとりか」

すぐに、襲う気はないようだ、と彦四郎は思った。もっとも、要之助もゆいも道場にはいなかった。

「どうする」

永倉が訊いた。

「ともかく、柳原通りまで出てみよう」

ふたりは路地に出ると、柳原通りに足をむけた。

彦四郎は路地を歩きながら、それとなく振り返った。椿の樹陰にいる武士は、動かなかった。彦四郎たちを尾けてくる様子はない。

ふたりは、背後を気にしながら路地を経て柳原通りに入った。通りは賑《にぎ》わっていた。様々な身分の老若男女が行き交っている。

「要之助の姿は、見えないな」

永倉が行き交う人々に目をやりながら言った。

「もうすこし先まで行ってみよう」

ふたりは、柳原通りを西にむかった。

前方に、神田川にかかる和泉橋が迫ってきたとき、

「要之助だ！」

永倉が声を上げて指差した。

和泉橋のたもと近くを、要之助がこちらにむかって足早に歩いてくる。ゆいや笹森の姿はなかった。ゆいたちを送った帰りらしい。

「要之助！」

永倉が、要之助の脇に足をとめて声をかけた。

「ご師範！　それに、お師匠」

要之助は驚いたような顔をし、

「どこへ、お出かけですか」

と、訊いた。

「おまえを、迎えに来たのだ」

永倉が言った。

「それがしを……。何かありましたか」

要之助は、彦四郎たちの前に来て足をとめた。

「何かあってからでは、遅いと思ってな。おまえひとりで出歩いて、四人組に襲われたらどうするのだ」

永倉が窘《たしな》めるように言った。

「ですが、道場を見張っている者もいなかったし、すぐに戻れば、襲われるようなことはないと思って……」

要之助が照れたような顔をして、指先で顎の髭を撫で始めた。髭を撫でるのが癖なのだ。

「おれたちが道場を出るとき、見張っている者がいたぞ。それも、道場を襲った四人組のひとりらしい」

永倉が、顔をしかめて言った。

「いましたか」

要之助が聞き返した。

「いたぞ。……まだ、おまえを狙っているということだな」

彦四郎が言った。

「執念深いやつらだ」

要之助の顔に、怒りと戸惑いの色が浮いた。

「油断はできん。次は、もっと確実な手を使ってくるはずだ」

そう言って、彦四郎は踵を返し、来た道を引き返し始めた。

永倉と要之助も、歩きだした。

「ところで、要之助、小堀家のことだが、変わりないか」

彦四郎は、要之助がゆいたちを送っていく途中で、小堀家のことも話に出たのではないかとみたのだ。

「小堀さまのお体が、あまりよくないようです」

要之助によると、富左衛門はちかごろ病床に臥していることが多く、屋敷内を歩くこともすくなくなったという。

「それで、要之助を婿に迎える話はどうなった」

彦四郎は、気になっていたことを訊いた。

「笹森どのが、このままでは、小堀さまのお気持ちが変わるかもしれない、と話していました」

要之助の顔を憂慮の翳《かげ》がおおった。

「気持ちが変わるとは」

彦四郎が、要之助に目をやって訊いた。

「いまも、米沢さまは頻繁に屋敷にみえられ、病床の小堀さまに会われて、助次郎どのをゆいの婿に迎えるよう、話しているようなのです」

要之助が眉を寄せた。

「うむ……」

富左衛門も、老齢と病のために気が弱くなっているのだろう、と彦四郎は思った。弟である米沢の説得で、富左衛門が翻意しないとはかぎらない。

「ゆいは、助次郎どのの嫁にはならない、と言ってくれていますが……」

要之助は、心配そうな顔をして顎の髭を撫で始めた。

「早く祝言を挙げることだな」

「この秋という話にはなっています。……ただ、それも、小堀さまのお考え次第です」

要之助は髭を撫でつづけている。

「要之助は、いまは己の身を守ることが大事だな。おまえが、四人組に討たれるようなことにでもなれば、それこそ、ゆいは助次郎といっしょになるしか道はなくなる」

要之助の命を狙っている者たちの狙いは、そこにあるのではないか、と彦四郎はみていた。そうだとすれば、背後で糸を引いているのは、米沢ということになりそうだが——。

「ともかく、われらは四人組の居所をつかんで、正体をつきとめることだ」

彦四郎が、重いひびきのある声で言った。

4

佐太郎は、神田小柳町を歩いていた。そこは、筋違御門の近くの町家のつづく通りである。

……この辺りのはずだが。

佐太郎は、瀬戸物屋を見つけていた。瀬戸物屋の脇の路地を入った先に、剣術道場があると聞いていたのだ。

……あれだ！

通り沿いに、瀬戸物屋があった。瀬戸物屋としては、二階建ての大きな店だった。

店先の台に、茶碗、皿、丼《どんぶり》、重鉢《かさねばち》などが並べてある。

その脇に路地があった。路地を出入りしているひとの姿が見えた。路地沿いにも、店があるらしい。

佐太郎は路地に入った。狭い路地だが、八百屋、煮染屋、足袋《たび》屋などが並んでいた。仕舞屋や長屋もあるらしい。

佐太郎は、通りすがりの者に、この近くに剣術道場はないか、訊いてみた。

「ありやすよ。二町ほど行った先でさァ」

職人らしい男が、答えた。

路地をすこし歩くと、急に店屋がすくなくなり、長屋や仕舞屋などが目につくようになった。

……あれか。

佐太郎は、路地の右手に道場らしい建物があるのを目にとめた。建物の脇は板壁になっていて、武者窓がついている。古い建物だった。所々、板壁が剝《は》げている。

道場は静かだった。稽古はしていないらしく、気合も竹刀を打ち合う音も聞こえてこない。戸口は板戸で、あいたままになっていた。土間があり、その先に狭い板間があった。板間の奥が稽古場になっているのだろう。

人影はなかった。ただし、戸口があいているので、だれかなかにいるのだろう。七ツ（午後四時）を過ぎていたので、午後の稽古を終え、門弟たちが帰った後かもしれない。佐太郎は、道場の前を通り過ぎ、小体《こてい》な下駄屋の前で足をとめた。戸口近くで、親爺《おやじ》らしい男が下駄の台木に赤い鼻緒をつけていた。その親爺に、話を聞いてみようと思ったのだ。

佐太郎が店先に立つと、親爺は鼻緒を脇に置いて、

「いらっしゃい」

と声を上げ、腰を上げた。

「ちょいと、訊きてえことがあってな」

佐太郎が小声で言った。

「なんです？」

親爺が渋い顔をした。客ではない、と分かったからであろう。

「そこに、剣術道場があるな」

「へい」

親爺は、店先に出てきた。

「だれの道場だい」

「三神《みかみ》さまですが」

親爺によると、道場主は三神仁右衛門《にえもん》で、門弟は三、四十人いるという。

「何流か、分かるか」

佐太郎が訊いた。

「あっしには、分からねえ。……親分さんですかい」

親爺が首をすくめながら訊いた。佐太郎の物言いから、岡っ引きとみたのだろう。

「まァ、そうだ。……三神という男は、いくつぐらいだい？」

「だいぶ、お歳でしてね。もう、還暦にちかいかもしれませんよ」

親爺によると、三神は白髪で、腰もすこしまがっているという。

……千坂道場に来たやつじゃァねえ。

と、佐太郎は思った。

「道場に、稲垣源十郎と高堀三郎兵衛ってえ、門人はいねえかい」

佐太郎は、ふたりの名を出して訊いてみた。

「知らねえなァ……」

親爺は首をひねった。

佐太郎は、下駄屋の親爺では知らないだろうと思い、

「邪魔したな」

と、親爺に声をかけて、店先を離れた。

佐太郎が道場の方へもどりかけると、道場から若侍がふたり、戸口から出てきた。ふたりとも、剣袋を手にしていた。門弟らしい。

佐太郎は路傍に足をとめ、ふたりが近付くのを待った。ふたりに訊けば、道場の様子が知れるだろうと思ったのである。

「お侍さま、ちょいと、お待ちを」

佐太郎が声をかけた。

「おれたちか」

大柄な若侍が、足をとめて訊いた。もうひとりの小太りの若侍も足をとめ、佐太郎に不審そうな目をむけた。

「へい、お訊きしてえことが、ありやして」

佐太郎が、お足をとめちゃァもうしわけねえ、歩きながらで、結構でございます、と首をすくめながら言った。

「何を聞きたいのだ」

大柄な若侍が言った。

「おふたりは、三神さまの道場のご門弟とお見かけしやしたが」

「そうだが」

「あっしの弟が、どうしても剣術を習いてえなんて、言い出しやしてね。それで、道場を探してるんですが、三神さまの道場には、町人の門弟もいるんですかい」

佐太郎は、もっともらしい作り話を口にした。

「町人はいないが……」

そう言って、大柄な若侍が、小太りの若侍に目をやると、

「いませんよ」

と、小太りの若侍が素っ気なく言った。

「町人は、入門できねえんですかい」

「さあな、訊いてみたらどうだ」

　大柄な若侍が言った。

「そうしやす。……ご門弟のなかに、稲垣さまと高堀さまというお強い方がいると聞いたんですがね」

　佐太郎は、それとなく稲垣と高堀の名を出してみた。

「稲垣さまは、師範代だ。……高堀という門弟はいないな」

「師範代ですかい」

　……つかんだぞ、稲垣は三神道場の師範代だ！

　と、佐太郎は胸の内で声を上げた。

「御徒町にある道場で、修業された方とお聞きしやしたが……」

　さらに、佐太郎が訊いた。

「よく、知っているな。稲垣さまは、若いころ伊庭道場で修業されたと聞いたな。三神さまも、そうだが……」

　そう言って、大柄な若侍がすこし足を速めた。すると、もうひとりも足を速め、佐太郎からすこし離れた。ふたりは、いつまでも得体の知れない町人と話しているわけにはいかない、と思ったらしい。

「お手間をとらせやした」

佐太郎は足をとめた。

5

佐太郎は柳原通りに出ると、東に足をむけた。稲垣が三神道場の師範代であることを、彦四郎の耳に入れておこうと思ったのである。

七ツ半（午後五時）を過ぎているだろうか。陽は、西の家並のむこうに沈みかけていた。柳原通りは、まだ人通りが多かった。仕事帰りの職人、ぼてふり、家路を急ぐ町娘、供連れの武士などが、沈む夕陽に急《せ》かされるように足早に通り過ぎていく。

佐太郎は、柳原通りから千坂道場につづく路地に入ると、すこし足を早めた。暮れ六ツ（午後六時）ごろに、彦四郎の家族は夕餉の膳につくはずである。その前に、彦四郎と会いたかったのだ。

佐太郎は道場の近くまで来たとき、何気なく路地の先の椿に目をやった。

……だれかいる！

佐太郎は、樹陰に人影のようなものを見た。かすかに見えるだけで、男か女かも分からない。路地を通りかかる者も、人影とは思わないだろう。

佐太郎は、道場を見張ってるのかもしれない、と思った。彦四郎から、道場が襲われる前、椿の樹陰から道場を見張っていたらしいと聞いていたのだ。

武士なのか町人なのかも分からなかったが、道場を襲撃した四人組のひとりとみていいのではあるまいか。

……やろうの跡を尾ければ、塒《ねぐら》が知れる。

と、佐太郎は思った。彦四郎に稲垣のことを知らせるのは、後である。

佐太郎はすぐに路傍に身を寄せ、路地沿いの欅《けやき》の陰に隠れた。欅の幹は細く、姿を隠すのは難しいが、遠方なので分からないはずである。

それから小半刻（三十分）ほどしたろうか。陽が家並の向こうに沈んだとき、樹陰から人影が路地に出てきた。中背の武士である。小袖に袴姿で、二刀を帯びていた。武士は路地を南にむかって足早に歩きだした。

佐太郎は、欅の陰から路地に出て武士の跡を尾け始めた。まだ、路地にはぽつぽつと人影があった。佐太郎は、物陰に隠れたりしなかった。通行人を装って、路地のなかほどを歩いていく。

武士は、ときおり背後を振り返った。跡を尾けている者がいないか確かめているようだ。武士は佐太郎の姿を目にとめたはずだが、歩調を変えたり、身を隠したりしなかった。佐太郎は町人なので、尾行者とみなかったらしい。

武士は路地から表通りに出ると、後ろを振り返らなくなった。尾行者はいない、と思ったのだろう。

そのとき、石町《こくちょう》の暮れ六ツ（午後六時）の鐘の音が鳴った。通りのあちこちから、店の表戸をしめる音が聞こえてきた。人影もすくなくなり、家の軒下や樹陰などには淡い夕闇が忍び寄っている。

武士は豊島町から亀井町に入った。亀井町の町筋をしばらく歩くと、路地沿いにあった仕舞屋の戸口で足をとめた。

武士は路地の左右に目をやった後、引き戸をあけてなかに入った。

……やつの塒だ！

佐太郎は、胸の内で声を上げた。

借家ふうの古い家だった。両脇にも、同じような造りの家がある。おそらく、三棟とも家作で、家主は同じであろう。

佐太郎は通行人を装って、武士の入った家の戸口に近付いた。

引き戸はしまっていたが、板戸の隙間から灯が洩れている。行灯《あんどん》を点しているのだろう。佐太郎が表戸に身を寄せると、なかから話し声が聞こえた。男と女の声である。家に入った武士が、妻女と話しているのではあるまいか。

佐太郎は、すぐに家の戸口から離れた。ときおり、路地をひとが通りかかるので、いつまでも戸口の前に立っているわけにはいかなかったのだ。

その日、佐太郎はそのまま家に帰った。そして、翌朝、ふたたび亀井町に足を運び、武士が入った家の近くで聞き込んでみた。その結果、仕舞屋は借家で、武士の名は五木信兵衛《しんべえ》であることが知れた。また、いっしょに住んでいるのは、妻のとねで、ふたりは三年ほど前から借家に住んでいるという。ただ、牢人か、それとも主持ちの武士かは分からなかった。

佐太郎は、亀井町から千坂道場に足をむけた。

千坂道場では、朝の稽古を終え、里美が若い門弟やお花、それにゆいに素振りや打ち込みをやらせていた。彦四郎、永倉、要之助の姿もあった。要之助は、若い門弟たちに交じって、素振りをしている。

佐太郎が道場に入っていくと、

「佐太郎さんが来た！」

お花が、声を上げた。

お花は佐太郎に懐いていた。佐太郎が道場に稽古に来ていたころ、お花といっしょに素振りなどをやったのだ。そのころ、佐太郎はしゃぼん玉売りをしていて、道場内でしゃぼん玉を飛ばして遊んでやったこともある。

若い門弟たちやゆいは手にした竹刀を下ろし、いっせいに佐太郎に目をむけた。この場にいる若い門弟は、佐太郎のことを知らなかったのだ。

「ヘッヘヘ、稽古の邪魔をしちまったようで」

佐太郎が、腰を屈めて照れたような顔をした。

「佐太郎、何か知れたのか」

彦四郎が訊いた。

「へい」

「母屋の方にまわってくれ」

彦四郎は、この場では話せないと思った。

「承知しやした。……それじゃァ、話を終えてから、ちょいと道場を覗かせていただきやす」

佐太郎は、お花に「お花ちゃん、あっしと剣術の勝負をしやしょう」と言い置いて、踵を返した。

佐太郎のことを知らない若い門弟やゆいは、驚いたような顔をして佐太郎を見つめている。

彦四郎、永倉、佐太郎、それに要之助の四人は、母屋の縁先に腰を下ろした。要之助は、彦四郎と佐太郎のやり取りを聞いて、四人組のことで何か分かったらしいと察知して、ついてきたのだ。今日、藤兵衛は来ていなかったので、四人だけである。

「若師匠、五木の居所が知れやしたぜ」

佐太郎が得意そうな顔をして言った。

「知れたか」

彦四郎の声が大きくなった。

「へい、亀井町の借家にご新造と住んでまさァ」

佐太郎が、五木の跡を尾けたことから、借家の近くで聞き込んで分かったことなどを一通り話した。

「五木を取り押さえて、話を聞く手もあるな」

永倉が言った。

「だが、おれたちは町方ではないぞ」

彦四郎は、五木を捕縛して吟味するわけにはいかないだろう、と思った。それに、五木を生かしたまま捕らえるのはむずかしかった。五木は刀を抜いて、立ち向かってくるはずである。

「しばらく、五木を尾けてみやしょうか。他のやつらと顔を合わせるはずですぜ」

佐太郎が言った。

「それがいいな。……佐太郎、ひとりでやれるか。弥八を頼んでもいいぞ」

彦四郎は、佐太郎ひとりでは大変だと思った。

「五木を尾けるだけなら、あっしひとりでやれやす」

「そうか。……何かあったら、すぐに知らせてくれ」

「へい」

「ところで、稲垣と高堀のことは知れたか」

彦四郎は、先に稲垣と高堀のことを探るよう佐太郎に話してあったのだ。

「稲垣のことも、知れやした」

「何者だ」

彦四郎が身を乗り出すようにして訊いた。

「小柳町にある三神道場の師範代でさァ」

「三神道場というと、三神仁右衛門どのの道場ではないか」

彦四郎は、三神道場のことを知っていた。知っているといっても、道場主の名と小柳町に道場があることぐらいである。

「その三神道場の師範代が、稲垣でさァ」

佐太郎が言った。

「高堀は？」

「高堀のことは、まだ知れやせん。門弟のことまでは探れなかったんでさァ。……門弟のなかにいるかもしれれねえ」

「よし、おれが三神道場を探ってみよう」

永倉が強い声で言った。

すると、彦四郎たちのやり取りを聞いていた要之助が、

「それがしも、ご師範といっしょに三神道場を探ります」

と、言い出した。いつになく、顔がひき締まっている。ずぼらな感じがしない。

「出歩いてもいいのか」

永倉が、戸惑うような顔をした。

「分からないように笠をかぶり、道場の裏の路地を通って柳原通りに出ます」

道場の裏の路地とは、彦四郎たちが華村から道場に駆け付けたとき使った、母屋の前に通じている小径である。

「ふたりに頼もう」

彦四郎は要之助をひとりで道場に残すより、ひそかに道場を出た方が安全なような気がした。

6

「行ってくるぞ」

永倉が、道場にいる彦四郎に声をかけた。

朝の稽古が終わった後だった。永倉は要之助とふたりで、小柳町に行くつもりだった。三神道場を探るのである。

「永倉、油断するなよ。どこに、道場を襲った者たちの目がひかっているか、知れないからな」

彦四郎は道場内にいた藤兵衛といっしょに、永倉たちを戸口まで送ってきた。

永倉と要之助が戸口から出ようとすると、走り寄る足音が聞こえた。

「川田だ！」

要之助が声を上げた。

川田は戸口に駆け込むや否や、

「た、大変です！　若林と笹倉が、襲われました」

と、声をつまらせて叫んだ。

「なに、若林たちが、襲われたと！」

藤兵衛が声を上げた。

「は、はい、四人の武士に」

川田が、四人は道場を襲った者たちだと言い添えた。

彦四郎はすぐに土間に下り、

「場所はどこだ」

と、訊いた。

藤兵衛、永倉、要之助の三人も、土間に下りた。

「近くです！」

川田が土間から飛び出し、先にたった。

彦四郎たちは、路地を柳原通りにむかって走った。三町ほど走ったとき、川田が足をとめ、

「いない！……この辺りだったはずだ」

そう言って、周囲に目をやった。

「その路地では、ないか」

彦四郎が指差した。

舂米屋《つきごめ》の脇に、細い路地があった。その先から、恫喝するような男の声と呻《うめ》き声が聞こえた。

「そこだ！」

藤兵衛が走りだした。

彦四郎たちが、藤兵衛につづいた。路地の角まで来て見ると、三十間ほど先に何人もの武士の姿が見えた。

抜き身を手にした四人の武士が、若林と笹倉を取り囲んでいる。若林と笹倉は路傍にへたり込んでいた。ふたりの着物が裂け、血の色がある。

「おのれ！」

彦四郎が抜刀し、疾走した。

藤兵衛、永倉、要之助の三人も次々に抜刀し、抜き身を引っ提げて駆けた。しんがりに川田がついた。

「千坂道場のやつらだ！」

大柄な武士が叫んだ。

四人の武士は反転し、走り寄る彦四郎たちに切っ先をむけた。路地が狭いので横にひろがることができず、中背の武士と牢人のふたりが前に立った。

「寄るな！　こやつらの命はないぞ」

大柄な武士が、切っ先を若林の喉元にむけた。

若林は蒼ざめた顔で、身を顫《ふる》わせていた。小袖の肩が裂けて血の色があったが、浅手らしい。出血はわずかである。

若林の脇にいる笹倉も、浅手のようだった。袖が裂け、左の二の腕から出血していたが、皮肉を浅く裂かれただけらしい。

彦四郎たちは、前に立った武士から三間半ほどの間合をとって足をとめた。

「ひ、卑怯《ひきよう》だぞ！」

要之助が、怒りに声を震わせて叫んだ。

「若林から、手を離せ！」

藤兵衛が鋭い声で言った。

「そうは、いかぬ。千坂道場の者が総出では、おれたちに勝ち目はないからな」

大柄な武士が薄笑いを浮かべたが、彦四郎たちにむけられた双眸は、切っ先のようにひかっていた。

「手を離せ！」

要之助が、顔を憤怒にゆがめて一歩踏み込んだ。要之助には、いまにも飛びかかっていきそうな気配があった。

これを見た大柄な武士は、切っ先を若林にむけたまま左手で襟元をつかみ、

「立て！」

と言って、若林を立たせた。

大柄な武士は、若林とともに背後に身を引きながら、

「うぬら、動けば、この男の命はないぞ」

そう言って、さらに後ろに下がった。

彦四郎たちに切っ先をむけていた他の三人も、大柄な武士につづいて後じさった。この場から逃げる気らしい。

「お、おのれ！」

要之助が悔しそうに顔をしかめたが、動けなかった。大柄な武士には、いまにも

若林に切っ先を突き刺しそうな気配があった。

彦四郎たちと、四人の武士たちの間はひろがった。

三十間ほど離れただろうか、大柄な武士が、

「この男は、返してやる！」

叫びざま、若林を路傍に突き放し、反転して駆けだした。

他の三人も、大柄な武士の後を追って走った。

「若林！」

彦四郎、永倉、要之助の三人が、若林のそばに駆け寄った。

藤兵衛と川田は、路傍にへたり込んでいる笹倉を助け起こした。

「若林、しっかりしろ！」

彦四郎が声をかけ、永倉とふたりで、若林の両腕をとって立たせてやった。

若林は苦痛に顔をしかめていたが、歩くことができた。ただ、興奮と恐怖が冷めないらしく、体が顫えている。

彦四郎たちが、若林を藤兵衛たちのところまで連れていくと、

「ともかく、道場へもどって、ふたりの手当てをせねばな」

と、藤兵衛が言った。

彦四郎たちは、若林と笹倉を道場へ連れていった。

ふたりが負ったのは浅手だった。出血を拭きとってから傷口を洗い、晒《さらし》を巻いただけで手当ては終わった。

「あの四人に、待ち伏せされたのか」

彦四郎が、あらためて訊いた。

藤兵衛や永倉たちは、彦四郎の脇に腰を下ろしている。

「は、はい、いきなり、家の陰から走り出て……」

若林と笹倉が話したことによると、四人の武士は若林たちを取り囲むと、切っ先を突き付け、路地のなかへ連れ込んだという。

「逃げようとしたときに、斬られました」

若林は武士のひとりに手を摑まれ、振りほどいて逃げようとしたとき、脇にいた武士に斬られ、さらに切っ先を喉元に突き付けられたという。そのとき、笹倉も逃げようとして、左腕を斬られたそうだ。

「きゃつらには、若林たちを殺す気はなかったようだ」

藤兵衛が口をはさんだ。

彦四郎も、四人の武士が若林たちを殺す気なら、二の太刀で仕留めていたとみた。四人の武士は、若林と笹倉から話を聞くために襲ったようだ。

「何か、訊かれなかったか」

彦四郎が笹倉と若林に目をやった。

「岩田どののことを、訊かれました」

若林が言った。

「どんなことを訊かれた」

「岩田どのは、どんなとき道場を出るのだ、と訊かれました。それで、いつも道場にいるらしい、と答えましたが……」

若林は、首をすくめた。大事なことをしゃべってしまった、と思ったのかもしれない。

「ほかには」

さらに、彦四郎が訊いた。

「お師匠たちのことを訊かれました」

若林は、彦四郎、永倉、藤兵衛の三人に目をやった。

「どんなことだ？」

「ふだん、どこにいるのか訊かれて……。殺すと脅され、話してしまいました」

若林が困惑したように顔をゆがめた。笹倉も、肩を落としてうなだれている。おそらく、ふたりで、すこしずつしゃべったのだろう。

「よい。わしらのことは、すぐに知れることだ」

藤兵衛が言った。

「他に、訊かれたことはないのか」

「ゆいどののことを聞かれました」

「ゆいのことだと」

彦四郎が聞き返した。

「いつごろ道場に来て、いつ帰るのかとか、供は何人かとか……。いろいろ訊かれました」

「それで、話したのか」

要之助が、口をはさんだ。若林たちより年上ということもあって、要之助の物言いは兄弟子のようだった。

「話しましたが、まずかったでしょうか」

「いや、まずいことはないが。それにしても、なぜ、ゆいどののことを……」

要之助は首をひねった。

「まさか、ゆいを襲うようなことはあるまいな」

永倉が言った。

「それは、ないはずだ。ゆいに手を出したら、元も子もなくなるからな」

彦四郎はそう言ったが、胸の内には不安が残った。要之助の命を狙っている四人は、何か別の手を考えているのではあるまいか——。

第四章　罠

1

永倉と要之助は、朝稽古を途中で切り上げて道場を出た。路地を柳原通りの方に歩きながら、

「要之助、おまえに言っておきたいことがある」

永倉が厳めしい顔をして言った。

「何ですか」

「今日は仕方がないが、今度、道場を出るときは、髭を剃れ」

永倉が要之助の無精髭に目をやって言った。

「まずいですか」

「まずいな。……笠をかぶって顔を隠しても、その髭を見れば、すぐにおまえと分

かるではないか」

永倉が言った。ふたりは、網代笠をかぶって顔を隠していた。

「そうですね」

要之助が、髭の濃い顎を撫でながら言った。口許に笑みが浮いている。永倉が、冗談を言ったと思ったようだ。

永倉と要之助は路地をしばらく歩き、柳原通りに出た。小柳町へ行くつもりである。ふたりはときどき背後を振り返って見たが、跡を尾けている者はいないようだった。

「他にも、おまえに言っておきたいことがある」

さらに、永倉が言った。

「何でしょうか」

「女は年頃になると、花嫁修業をするな」

「はい……」

「婿に行く者は、婿修業をせねばならん」

永倉がもっともらしい顔をして言った。

「婿修業ですか」

要之助が首をかしげた。

「そうだ、婿修業だ。婿に入った家の者に、好かれねばならんからな。そのために、修業をする」

「何をすればいいんです。まさか、花の生け方や茶の淹れ方を身につけろ、というのではないでしょうね」

要之助の声には、そんなことはできない、と言いたげなひびきがあった。

「まず、その髭だ。それに、着物をきちんと着ろ」

「髭ですか」

要之助は髭を撫でながら、男らしくて、いいではないか、とつぶやいた。

「男らしくはない。それは、無精髭だ。ずぼらな男と思われるだけだぞ」

「……」

要之助は首をすくめた。

「そのうち、ゆいにも嫌われよう」

永倉が、断定するように言った。

「嫌われますか」

「無精髭の好きな女子《おなご》がいるか」

「髭は剃りますよ」

要之助が小声で言った。

「月代もな」

「分かりました」

要之助はちいさくうなずいた。

ふたりで、そんなやり取りをして歩いているうちに、小柳町に入った。

「こっちだ」

永倉が先にたって、南に足をむけた。永倉も、三神道場のある場所は知っていたのである。

永倉と要之助は、瀬戸物屋の脇の路地に入った。一町ほど歩くと、路地の先に道場が見えた。

「あれが、三神道場だ」

永倉が指差した。

「だいぶ、古い道場ですね」

遠目にも、道場は古い建物だと分かった。板壁が剝がれ、庇《ひさし》が垂れている。

近付くと、道場から気合、竹刀を打ち合う音、床を踏む音などが聞こえてきた。

「稽古をしているようだ」

要之助が言った。

「打ち合っているのは、四人だな」

永倉は、聞こえてくる稽古の音から、打ち合っている人数を読み取ったようだ。

「朝稽古ですかね」

「そうだな」

四ツ（午前十時）ごろだった。朝稽古が、いまもつづいているのだろう。

「どうします？」

要之助が訊いた。

「門弟に、話を訊くのが早いな」

永倉は、師範代の稲垣の他に、高堀や道場に押し入った四人組のことも訊いてみようと思っていた。四人組も、三神道場と何かかかわりがあるとみていたのだ。

永倉と要之助は、道場の稽古が終わって、門弟たちが出てくるのを待つことにした。ふたりは、路地沿いにある空き地の笹藪《ささやぶ》の陰にまわった。路傍に立っていたのでは、人目を引く。ふたりは、笠をとっていた。身を隠すのに、笠は必要なかった。

ふたりが笹藪の陰に身を隠して、小半刻（三十分）ほどすると、道場の稽古の音がやんだ。朝稽古が終わったようである。

それからいっときすると、道場の戸口に人影があらわれた。門弟らしい武士が、ふたり、三人と道場から路地に出てきた。そして、道場の前で、こちらに来る者と向こうに行く者とに別れた。

「こちらに、三人来ます」

そう言って、要之助が笹藪の陰から出ようとした。

「待て、若過ぎる。後ろのふたりがいい」

永倉は要之助を制した。

前の三人は、まだ十六、七歳と思われる若い門弟だった。入門して、それほど経っていないだろう。後ろのふたりは、二十歳を過ぎているように見えた。

永倉と要之助は、三人の若い門弟をやり過ごし、後ろから来るふたりの門弟が近付くのを待って路地に出た。

ふたりの門弟は小袖に袴姿で、剣袋《けんぶくろ》を手にしていた。何やら話しながら、こちらに歩いてくる。

2

「しばし――」

永倉が声をかけると、ふたりの門弟は足をとめた。

「おふたりは、三神道場の門弟とお見受けしたが」

「いかにも、三神道場の者だが」

浅黒い顔をした男が、不審そうな顔をして永倉と要之助を見た。

「それがし、稲垣源十郎どのと伊庭道場で、同門だった者でござる」

永倉は、稲垣と伊庭道場の名を出した。

「そうですか。それがし、山崎繁助《やまざきしげすけ》ともうします」

浅黒い顔の男が名乗った。永倉が、師範代の稲垣と同門で親しくしていると思ったらしい。

するともうひとりの小柄な男が、村川栄五郎《むらかわえいごろう》と名乗った。

「それがしは、黒山島次郎《くろやましまじろう》でござる」

永倉は、咄嗟に思いついた偽名を口にした。

「青柳又十郎《あおやぎまたじゅうろう》にございます」

すぐに、要之助も偽名を名乗った。

「稲垣どのは、道場におられるかな」

永倉が、あらためて訊いた。

「おられます」

「稽古は終わったようだが」

「朝稽古は終わりましたが、残り稽古をしている者がおり、ご師範も稽古にくわわっておられるのかもしれません」

「稽古の邪魔をするわけにはいかんな。……いや、たいしたことではないので、そこもとたちに訊けば済む」

永倉は、「足をとめては、すまぬ、歩きながらで結構だ」と言って、山崎たちふたりと歩きだした。要之助は永倉の脇についてきた。

「ところで、高堀どのも、道場におられるかな」

永倉が、高堀の名を出した。

「高堀どのは、門弟ではありませんが……」

山崎が言った。

「門弟ではないのか」

「ご師範代が親しくされている方で、ときおり稽古にくわわることがありますが、門弟ではありません」

「高堀どのは、道場に通っているのか」

「いえ、通ってはおられません。お師匠の家に、泊まられることもあるようですが……」

「そうか。高堀どのが、稲垣どのといっしょにいるところを見かけたので、訊いてみたのだ」

高堀は、三神道場の食客のような立場かもしれない、と永倉は思った。

「実は、稲垣どのと高堀どのが、三神道場の門弟と聞いてな。一度、稽古の様子を見せてもらい、ここにいる青柳を入門させてもらおうかと思った次第なのだ」

永倉は、要之助に目をむけて言った。

「そうですか」

山崎が要之助に目をむけ、ちいさく頭を下げた。顔に不審そうな表情が浮いたが、すぐに消えた。要之助の無精髭を見たせいらしい。

永倉が口をつぐんだとき、脇にいた要之助が、

「それがしの知り合いですが、米沢修蔵という方が、道場に来ることはありませんか」

と、訊いた。米沢は、三神道場と何かかかわりがあるとみていたのだろう。

「米沢修蔵ですか……」

山崎が首をひねった。思い当たらないらしい。

そのとき、山崎の脇にいた村川が、

「米沢どのといえば、三月ほど前に入門した米沢助次郎の父親ではないかな」

と、口をはさんだ。

「助次郎が、入門したと！」

要之助が、驚いたような顔をして声を上げた。

「その助次郎という門弟は、元服を終えたばかりの子か」

永倉が念を押すように訊いた。

「そ、そうですが……」

村川が戸惑うような顔をした。助次郎の名を口にした途端、要之助と永倉の態度が、急変したからだろう。

「助次郎が、三神道場に入門したのか」

永倉が顔をけわしくしてつぶやいた。

山崎と村川の顔に、疑念と困惑が入り混じったような表情が浮き、

「先を急ぎますので、これで――」

山崎が言い置き、村川とともに、足早に永倉たちから離れていった。

永倉と要之助は路傍に足をとめた。

「要之助、米沢どのと稲垣たちが、つながったな」

永倉が目をひからせて言った。

助次郎の入門のおりに、米沢は三神や稲垣と接触したはずである。むしろ、米沢は三神や稲垣の手を借りるために、助次郎を入門させたとも考えられる。

「やはり、米沢どのが稲垣たちの後ろで糸を引いていたのか」

要之助の顔に、強い怒りの色が浮いた。

「米沢どのと稲垣のつながりは知れたが、おまえやゆいを襲った四人とのかかわりは、分からないぞ」

永倉が顔をけわしくして言った。

「五木をつかまえて、吐かせたらどうでしょうか」

要之助は、佐太郎から五木の居所が知れたことを聞いていた。

「ともかく、お師匠たちに話してからだな」

そう言って、永倉は柳原通りに足をむけた。

要之助も、永倉の後についてきた。ふたりは道場にもどるつもりだった。

そのとき、路傍に立って、永倉と要之助の姿を見つめている者がいた。そこは、三神道場の前につづく路地である。

稲垣だった。稲垣は、残り稽古を早めに切り上げて道場を出たのだ。稲垣が道場の戸口で、何気なく路地の先に目をやると、門弟の山崎と村川が、ふたりの武士と話しながら歩いているのが目にとまった。

……あやつ、千坂道場の永倉ではないか。

と、稲垣は思った。永倉は巨軀だったので、遠目にもそれと知れたのである。

稲垣は、永倉といっしょにいる男は、だれかはっきりしなかった。遠方で顔がよく見えなかったからである。ただ、網代笠を手にしているので、三神道場の門弟でないことは知れた。

稲垣は、永倉たちが自分たちを探っているのだと気付いた。

まずい、と稲垣は思った。永倉が三神道場の門弟をつかまえて、話を聞いていたことから推《お》して、千坂道場の者たちは、此度の件に稲垣や三神道場の者がかかわっていることに気付いたとみていい。

稲垣は路傍に立ったまま、

……早く次の手を打たねばならぬぞ。

と、遠ざかっていく永倉たちの背を見すえてつぶやいた。

ゆいは、竹刀を下ろし、里美に頭を下げた後、

「お花ちゃん、また、明日」

と声をかけた。

3

門弟たちが午後の稽古を終えた後、ゆいは若い門弟やお花たちといっしょに素振りと型稽古をした。指南してくれたのは、里美である。

ゆいは、千坂道場での稽古が楽しかった。すこしずつ自分が上達していくような気がしたし、このところ要之助もいっしょに稽古をしてくれたからである。

「ゆいさま、要之助さまといっしょに帰るの」

お花が、ゆいの顔を見上げて訊いた。お花は、ゆいさまと呼んでいた。里美が、そう呼ぶように話したからである。

「いっしょに、帰れないの。近くまで、送ってもらうだけ」

このところ、要之助はゆいを柳原通りに出るところまで送っていた。

ゆいは里美に、「お座敷を、お借りします」と言って、母屋にむかった。道場の着替えの間で、男たちといっしょに着替えるわけにはいかなかったので、ゆいは母屋の座敷を借りて着替えていたのだ。もっとも、里美とお花が着替えに使っている座敷なので、女だけの着替えの間のようなものである。

ゆいが道場にもどると、笹森と長塚が待っていた。これから、小川町の屋敷へ帰るのである。

ゆいは、要之助といっしょに路地を歩きながら、

「お髭を剃ったのですか」

と、小声で訊いた。顔に笑みが浮いている。

要之助の顔はいつもとちがって、すっきりしていた。髭と月代を剃ったからである。要之助はもともと端整な顔だちをしていたが、くわえてさわやかな感じがした。これまでのずぼらな風貌《ふうぼう》ではない。

「い、いや、髭ぐらい剃らないとな……」

要之助は言葉を濁した。顔が赤くなっている。婿修業とは言えないし、永倉に言われたとも口にできなかった。

「お顔が、お若くなったみたい」

ゆいの顔に、ほんのりと朱がさした。要之助のすっきりした顔を見て、思慕の情が高まったのかもしれない。

要之助は、路地から柳原通りに出たところで、

「ゆいどの、気をつけてな」

と声をかけて、足をとめた。送るのは、ここまでである。

「はい」

ゆいはうなずくと、西に足をむけた。

すぐに、長塚がゆいの前にたち、笹森が背後についた。ふたりで、ゆいを守りながら小川町にある屋敷まで帰るのである。

すでに、七ツ（午後四時）を過ぎていた。陽は西の空にかたむいている。柳原通りは、大勢のひとが行き来していた。日没に気が急かされるのか、足早に通り過ぎていく者が多い。

ゆいたちは、神田川にかかる筋違御門のたもと近くに来た。橋のたもとは、八ツ小路と呼ばれていた。大勢の人出で、賑わっている。八ツ小路は通りが八方から集

まっていることからそう呼ばれ、人が集まることでも知られていた。

ゆいたちは、橋のたもとの人混みのなかを抜け、神田川沿いの道に出てさらに西に足をむけた。そこまで来ると人通りがすくなくなり、急に静かになった。通りの左手には、武家屋敷がつづいている。

ゆいたちは、すこし足を速めた。陽が沈む前に、屋敷に帰りたかったのだ。神田川沿いの道をしばらく歩いてから、左手におれて南にむかえば屋敷の近くに出られる。

左手に入る通りが、前方に見えてきたときだった。背後から、近付いてくる足音が聞こえた。

笹森が振り返った。四人の武士と一挺《いっちょう》の辻駕籠《つじかご》が、足早に近付いてくる。四人の武士はいずれも網代笠をかぶっていた。

四人の武士と駕籠かきの一団は、ゆいたちの背後に迫ってきた。

「駕籠が来ます！」

笹森の声は、うわずっていた。柳原通りで襲った四人の武士のことが、頭をよぎったのであろう。

ただ、笹森は逃げようとしなかった。辻駕籠がいっしょだったので、自分たちを襲うのではないという気がしたらしい。

ゆいたちは路傍に身を寄せて、駕籠の一団をやり過ごそうとした。

駕籠の一団はゆいたちのそばまで来ると、四人の武士が駕籠から離れ、ばらばらとゆいたちに走り寄った。

長塚がゆいの前に立ち、

「なにやつ！」

叫びざま、抜刀した。

笹森も、長塚の脇に立って刀を抜いた。顔がひき攣ったようにゆがみ、構えた刀身がワナワナと震えている。笹森は、腕に覚えがなかったのだ。

四人の武士は、ゆいたちを取り囲むように立つと、次々に抜刀して切っ先をむけた。

ゆいは蒼ざめた顔をして体を顫わせていたが、懐剣を手にした。目をつり上げ、正面に立った大柄な武士を睨むように見すえている。

「ゆ、ゆいさまに、手を出すな」

長塚が声をつまらせて叫んだ。

「やれ!」

大柄な武士が声をかけた。

すると、長塚の左手に立っていた武士が、青眼に構えたまま摺り足で間合を狭めてきた。

イヤアッ!

突如、武士が裂帛の気合を発して斬り込んできた。

振りかぶりざま、真っ向へ——。

咄嗟に、長塚は刀身を振り上げて、武士の斬撃を受けた。

ガキッ、という金属音がひびき、青火が散って金気《かなけ》が流れた。次の瞬間、長塚の体がよろめいた。武士の斬撃が強く、受けた瞬間、長塚の腰がくだけたのである。

「もらった!」

叫びざま、武士は袈裟に斬り込んだ。真っ向から袈裟へ。一瞬の連続技である。

ザクリ、と長塚の肩から胸にかけて裂け、血が噴出した。

長塚は呻き声を上げ、血を撒《ま》きながらよろめいた。何とか足をとめて反転しようとしたとき、長塚の体が大きく揺れ、腰からくずれるように転倒した。

地面に伏臥《ふくが》した長塚は、もがくように四肢を動かしていたが、いっときすると、ガックリと首が落ちた。絶命したようである。

このとき、絶叫を上げて笹森が身をのけ反らせた。大柄な武士の一颯《いっさつ》が、笹森の腹を横にえぐったのだ。深い傷である。笹森は左手で腹を押さえた。その指の間から血が流れ落ち、臓腑が覗いている。

笹森は刀を取り落とし、両手で腹を押さえたままその場にへたり込んだ。苦しげな呻き声を上げている。

「とどめをさしてくれる」

大柄な武士は笹森の脇に立ち、刀身を一閃《いっせん》させた。

にぶい骨音がし、笹森の首が前に垂れた瞬間、血が首根から驟雨《しゅうう》のように飛び散った。大柄な武士の一撃が、笹森の首を喉皮だけ残して截断《せつだん》したのだ。

笹森は己の首を抱くような恰好で、へたり込んでいた。飛び散った血で、体中血塗《ちまみ》れである。

これを見たゆいは、ヒイッ、と喉を裂くような悲鳴を上げ、懐剣を握ったままよろめいた。顔が恐怖でひき攣っている。

そこへ、ふたりの武士が身を寄せ、ゆいの懐剣を奪いとった。そして、ゆいの両手を後ろにとって細引《ほそびき》で縛り、猿轡《さるぐつわ》をかませた。

「駕籠に乗せろ！」

大柄な武士が指示した。

ふたりの武士は、ゆいを路傍に置いてあった駕籠に乗せた。

「行くぞ」

大柄な武士が声をかけた。

四人の武士は、駕籠かきの担ぐ駕籠とともにその場を離れた。家並のむこうに陽が沈み、西の空が血を流したような夕焼けに染まっている。

4

「今日も、ゆいどのは見えませんね」

里美が心配そうな顔で訊いた。

「何かあったのかな」

要之助の顔も、不安そうな翳《かげ》でおおわれている。

千坂道場の稽古場だった。すでに、朝の稽古が終わり、若い門弟たちも着替えの間に入っていた。

ゆいは、昨日も道場に姿を見せなかった。今日も来ないし、屋敷からの連絡もない。

「ゆいさまは、どうしてこないの」

お花も、心配そうな顔をしている。

「何かあったのかもしれんぞ。……要之助、小堀家に行ってみたらどうだ」

彦四郎も、ただごとではない、と思った。病気や怪我なら、笹森か長塚が連絡に来るはずである。

「行ってみます」

要之助は、着替えの間へ足をむけた。

そのとき、戸口に近付く足音がし、つづいて、

「お頼みもうす。どなたか、おられますか」

という声が聞こえた。

すぐに、彦四郎たちは戸口にむかった。お花までついてきた。

戸口に武士がふたり立っていた。ふたりとも、初老だった。

「父上！」

要之助が声を上げた。

「要之助の父、岩田依之助にございます」

面長の武士が名乗った。いわれてみれば、鼻筋のとおったところや切れ長の目が、要之助と似ている。

もうひとりは、小堀家の用人、松波与八郎である。

「ゆいどのに、何かあったのですか」

要之助が訊いた。

「そのことで、千坂さまや要之助どのに話がございます」

松波が、顔に憂慮の色を浮かべて言った。

「ともかく、上がってくだされ」

彦四郎は、ふたりに声をかけた。戸口で話すようなことではないとみたのである。道場に集まったのは、彦四郎、永倉、要之助、岩田、松波の五人だった。里美とお花は、母屋にもどっている。

「ゆいどのが、どうかしたのですか」

すぐに、要之助が訊いた。

「ゆいさまは、攫《さら》われたようだ」

松波が顔に苦悶の色を浮かべて言った。

「なに、攫われたと！」

要之助が、息を呑んだ。

彦四郎と永倉も、驚いたような顔をして松波に目をやっている。

「一昨日、道場からの帰りに、筋違御門のたもとの神田川沿いの通りで……」

松波が言った。

「笹森どのと長塚どのは？」

彦四郎が訊いた。ふたりは、警護のためにゆいといっしょに帰ったはずである。

「ふたりは、斬り殺されました」

松波が、目撃者たちから聞いた話として、ゆいが攫われたときの様子を話した。

一昨日、暗くなってからもゆいや笹森たちが屋敷にもどらないので、心配になった松波はふたりの若党を連れて、迎えに出たという。

松波たちが、ゆいの帰りの道筋をたどり、神田川沿いの通りまで来ると、路傍に人だかりがあった。提灯《ちょうちん》を手にした者もいる。松波が人だかりのなかを覗くと、斬殺されたふたりの死体が横たわっていた。

「それがしが、集まっていた者たちに訊くと、その者たちの話から、笠をかぶって顔を隠した四人の武士が、ゆいさまたちを襲ったことが知れました。四人は笹森と長塚を斬り殺し、ゆいさまを攫ったようです」

「きゃつらだ！」

彦四郎が、怒りの色を浮かべて叫んだ。要之助の命を狙っている四人の武士である。

「その四人が、ゆいどのを攫ったのだな」

要之助が、念を押すように訊いた。

「駕籠に押し込めて、連れ去ったようです」

「お、おのれ！」

要之助は憤怒に顔をゆがめた。

次に口をひらく者がなく、道場内は重苦しい沈黙につつまれた。要之助は虚空を睨むように見すえ、憤怒と不安に身を顫わせている。

「攫った者たちから、小堀家に何か要求がありましたか」

彦四郎が声をあらためて訊いた。

「何もござらぬ」

松波が言った。

「妙だな。……なぜ、ゆいどのを攫ったのであろう」

要之助がゆいの入り婿として小堀家を継ぐのを阻止するために、要之助を始末するなら分かる。だが、ゆいを攫ってしまったら、助次郎がゆいの入り婿になることはできない。それに、身の代金の要求もないようだ。

「それがしにも、なにゆえゆいさまを攫ったのか分かりませぬ」

松波が苦渋の色を浮かべて言った。

「富左衛門さまは、どうもうされている」

彦四郎が訊いた。

「ひどくご懸念され、食事も喉を通らぬほどです。それに、奥方の松乃《まつの》さまも、ご心痛で寝込んでしまわれました」

「まさか、富左衛門さまや奥方を心配させるために、ゆいを攫ったわけではあるまい。……ところで、米沢どのは、どうかな。富左衛門さまに、何か話されましたか」

彦四郎は、米沢が富左衛門に何か話したかもしれないと思った。

「米沢さまは、ゆいさまが攫われてから一度もおいでになりません。……五日前、米沢さまが屋敷にまいられたおりに殿と会われ、ゆいさまに好いたお方がいるなら、助次郎さまを無理にゆいさまの婿にさせなくてもよい、ともうされたと聞きましたが」

「入り婿のことは、諦めたのかな」

彦四郎は信じられなかった。米沢の言葉どおり、助次郎が小堀家を継ぐのを諦めたのなら、ゆいを攫う必要はないはずだが——。それとも、稲垣や四人組は、米沢とかかわりがないのであろうか。

「それがしは、ゆいを攫った者たちから、何か言ってくるとみるな」

永倉が口をはさんだ。

「そうかもしれん」

彦四郎は、稲垣や四人組が小堀家に何も言ってこなくとも、動きがあるはずだと思った。そのとき、黙って彦四郎や松波のやり取りを聞いていた岩田が、要之助に目をむけ、

「要之助、命に代えても、ゆいさまを助け出さねばならぬぞ」

と、語気を強くして言った。

「承知しています」

「それに、ゆいさまの婿になることで、小堀さまに迷惑がかかるようなら、身を引かねばならぬ。……ゆいさまのお幸せのためにもな」

岩田の物言いに、諭すようなひびきがくわわった。

「…………」

要之助は視線を膝先に落としたまま黙した。その顔を苦悶の翳《かげ》が色濃くおおい、膝の上で握りしめた拳が小刻みに震えている。

5

佐太郎が、ひょっこり道場に姿をあらわした。彦四郎に何か知らせることがあって来たらしい。

彦四郎は稽古の後、里美とともに居残りで稽古をしていた若い門弟たちに指南していたが、佐太郎を母屋に呼んだ。門弟たちの前で話すようなことではないと思ったのである。彦四郎は縁先で、佐太郎とふたりだけになると、

「どうだ、何か知れたか」

と、訊いた。佐太郎は四人組のひとり、五木を尾けていたはずである。

「へい、五木は、四日前《めえ》に三神道場に行きやした」

佐太郎が言った。

「やはり、五木は三神道場とつながりがあったな」

「それだけじゃァねえんで。……四人組のひとりらしい、図体のでけえ武士も、三神道場に入ったんでさァ」

「四日前と言ったな」

「へい」

「ゆいを襲った前の日だ。五木たちは三神道場に集まって、ゆいを襲う手筈《てはず》を相談したかもしれんな。……それで、ふたりの他にも、四人組のなかで三神道場に入った者がいるのか」

彦四郎が訊いた。

「それが、あっしが目にしたのは、ふたりだけで」

佐太郎によると、暗くなるまで三神道場を見張ったが、五木と大柄な武士は、道場から出てこなかったという。

「その日は、そのまま帰《けえ》り、翌朝、また三神道場に行ってみたんでさァ。昼近くまで見張りやしたが、ふたりとも姿を見せなかったんで。……五木たちは、朝の早《はえ》えうちに道場を出たにちげえねえ」

佐太郎が、悔しそうな顔をして言った。

「ゆいが攫われて三日になるが、まだ、ゆいの行方は知れないのだ」

彦四郎が心配そうな顔をして言った。

「攫ったやつらから、何か言ってきたんですかい」

佐太郎が訊いた。

「それが、何も言ってこないようだ」

「やつら、どうして、ゆいさまを攫ったんですかね」

「それが分からないのだ。……分かれば、打つ手もあるのだがな」

「旦那、五木をつかまえて、口を割らせたらどうです」

佐太郎が言った。

「それも考えた。……だが、ゆいを人質にとられているからな。迂闊に動いて、ゆいが殺されでもしたら、元も子もない」

そう言ったとき、彦四郎は、稲垣や四人組がゆいを人質にとったのは、彦四郎たちの動きを封じるためかもしれない、と気付いた。

「若師匠、どうしやす」

佐太郎が訊いた、

「何としても、ゆいを助け出さねばならない。……佐太郎、ひきつづき五木を見張ってくれ。ゆいが監禁されている場所に行くかもしれない」

彦四郎は、佐太郎が頼りだった。稲垣や四人組の者に、佐太郎はまだ知られていないのだ。

「弥八親分にも、頼みやすか」

佐太郎が言った、

「こうなったら、弥八の手も借りたい。明日、義父上《ちちうえ》に話してみよう」

彦四郎は、弥八のことは藤兵衛に頼むことにした。千坂道場が事件に巻き込まれると、藤兵衛が弥八に話して手を借りることが多かったのだ。

その日、陽が西の空にまわってから、彦四郎は柳橋の華村に出かけ、藤兵衛と会った。そして、藤兵衛に、ゆいたちが道場の帰りに襲われて笹森と長塚が斬殺され、ゆいが攫われたことを話した。

「ゆいどのが攫われたことは、耳にしていたが、わしは何をすればよいな」

藤兵衛が訊いた。

「弥八の手を借りたいのですが」

「ゆいどのの監禁場所を探してもらうのか」

「はい、ゆいが人質にとられていると思うと、われらは思うように動けません」

「佐太郎は？」

「佐太郎は、五木に目を配っています」

「分かった。明日にも、十間店《じっけんだな》に行ってみよう」

弥八は、岡っ引きとして事件の探索にあたっていないときは、日本橋十間店で甘酒か冷や水を売っていた。いまは、雛祭《ひなまつ》りが終わって間もない時期なので、甘酒を売っているにちがいない。

彦四郎と藤兵衛との話が済むと、由江が、

「彦四郎、すぐに夕餉《ゆうげ》の支度をしますから、食べていってください」

そう言って引き止めたが、彦四郎は食べずに華村を出た。道場にお花と里美を残してきたことが、気掛かりだったのである。

彦四郎が千坂道場に着いたのは、暮れ六ツ（午後六時）の鐘の音を聞いてからだった。彦四郎は道場に入らず、すぐに母屋に行くと、里美とお花が戸口に迎えに出た。

彦四郎は里美の顔がこわばっているのを見て、

「里美、何かあったのか」

と、すぐに訊いた。

「これを」

里美が、折り畳んだ紙片を袂から取り出した。投げ文らしい。

彦四郎は、すぐにひらいてみた。


——われら四人に手を出せば、ゆいの命はない。


とだけ、書いてあった。四人とは、要之助の命を狙い、ゆいを攫った四人であろう。

「やはり、われらの動きを封じるために、ゆいを攫ったのか」

彦四郎が、けわしい顔をして言った。

「でも、いまごろになって、なぜ」

里美が言った。動きを封じるための脅迫状なら、ゆいを攫ってすぐに投げ込むはずだ、と思ったらしい。

「ゆいが攫われた後も、おれたちが追及をやめないからだ」

彦四郎たちだけではなく、四人は小堀家の動きもみていたのだろう。

「どうするのですか」

里美が訊いた。

「手を引いたように見せるしかないな」

佐太郎と弥八が、かならず何かつかんでくる、と彦四郎は思った。

6

……やつだ！

佐太郎が、胸の内で声を上げた。

路地を歩いてきた大柄な武士が、仕舞屋の前で足をとめ、路地の左右に目をやってから戸口に近付いた。

佐太郎は、四人組のなかの頭格の武士とみたのだ。

佐太郎は、亀井町にある五木の住み処《か》を見張っていた。そこは、路地を隔てた空き地の隅である。佐太郎がいるのは、枝葉を茂らせた樫《かし》の樹陰である。

佐太郎が、この場に身をひそめて見張るようになって三日目だった。見張るのは、朝の一刻（二時間）と午後の一刻半（三時間）ほどだけだったが、それでも独りで見張るのは、けっこう辛かった。

……やっと、姿を見せたぜ。

三日辛抱した甲斐があって、四人組のなかのひとりが、五木の家に姿をあらわしたのだ。大柄な武士は、家の表戸をあけてなかに入った。

いっとき、佐太郎は家の戸口に目をやっていたが、大柄な武士も五木も出てくる気配がなかった。

佐太郎は、樫の樹陰から路地に出た。家のなかの様子を探ってみようと思ったのだ。探るといっても、家に侵入するつもりはなく、戸口に近付いて話し声を盗み聞きしてみるつもりだった。

佐太郎は足音をたてないように、家の戸口に近付いた。板戸のそばに身を寄せて聞き耳をたてたが、かすかに男の話し声が聞こえるだけで、話の内容は聞き取れなかった。

……ここは、だめだ。

と、佐太郎は思った。家のなかの話は聞き取れないし、路地を通る者から家の様子をうかがっている佐太郎の姿が見えるのだ。

　佐太郎は忍び足で、家の右手にむかった。狭い庭があった。隅に梅と松が植えてあるだけで、雑草におおわれている。

　その庭に面して縁側があった。縁側の先に、障子がたててある。話し声は、その障子の奥から聞こえてきた。

　佐太郎は抜き足差し足で、縁側に近付いた。そして、戸袋の脇に張り付くように身を寄せた。

　障子の向こうから、男たちの話し声が聞こえてきた。今度は、はっきりと聞き取れる。

「……どうだ、千坂道場の動きは」

　低い胴間声《どうまごえ》だった。

　佐太郎は、大柄の武士の声だろうと思った。すでに、張り込みのときに五木の声を聞いていたので、別の声と分かったのだ。

「……おとなしくしているようだ」

　五木の声だった。

……脅しが利いたかな。

……だが、いつまでもつづかないぞ。

……ここまでくれば、長くはかかるまい。それにしても、厄介なことになったものだ。まさか、千坂道場の者が要之助に味方し、おれたちに歯向かうなど、思ってもみなかったからな。

胴間声の男が言った。

……まったくだ。要之助を斬って、すぐに始末がつくと思ったがな。

……稲垣どのたちも、同じ思いだろうよ。

そこまで、話したとき、障子のあく音がし、

……茶がはいりました。

と、女の声が聞こえた。五木の妻のとねが、茶を運んできたらしい。

五木と大柄な武士は、茶を飲みながら雑談を始めた。とねの前で、ゆいを攫ったことは口にできないのだろう。

そのとき、佐太郎は背後に近付いてくるひとの気配を察知し、ハッとして振り返った。

……親分だ！

弥八である。弥八は佐太郎が声を出さないように、人差し指を唇に当て、忍び足で近付いてきた。

弥八は、三十代後半である。面長で、陽に灼けた浅黒い肌をしていた。目が細く、狐のような顔をしている。

弥八は佐太郎の背後に身を寄せると、

「ここが、五木の塒かい」

と、声をひそめて訊いた。

佐太郎は、後ろに顔をむけてうなずいた。おそらく、弥八は彦四郎から五木の住まいを聞いてここに来たのだろう。佐太郎は、彦四郎に五木の住居のことを話していたのだ。

そのとき、障子のむこうで、

……何かあったら、声をかけてください。

と、女の声がし、畳を踏む音がした。

すぐに、障子があき、廊下を踏むような音に変わった。とねが、座敷から出ていったらしい。

「……矢島《やじま》どの、どうだ、三神道場に行ってみないか」

五木が言った。

大柄な武士は、矢島という名らしい。

「……そうだな。稲垣どのたちと、今後のことをじっくり話してみるか。千坂道場の者たちが、おとなしくしているいまなら、道場へ行ってもどうということはあるまい」

矢島が言った。

「……これから、行くか」

「……いいだろう」

ふたりの立ち上がる気配がした。

つづいて、障子があき、廊下に出たらしい物音がした。

佐太郎が背後を振り返り、

「親分、やつら、三神道場へ行くようですぜ」

と、声を殺して言った。

「尾けてみるか」

「へい」

佐太郎と弥八は、戸袋の脇に身を隠したまま家の戸口に目をやり、五木と矢島が姿をあらわすのを待った。

いっときすると、表戸のあく音がし、ふたりの武士が戸口に姿をあらわした。ふたりは、網代笠をかぶって顔を隠していた。

五木と矢島は路地に出ると、表通りの方に足をむけた。ふたりの姿が半町ほど遠ざかったところで、

「佐太郎、尾けるぜ」

弥八が、戸袋の脇から離れた。

佐太郎も、すぐに弥八の後につづいた。ふたりは、足音を忍ばせて路地に出た。

7

五木と矢島は表通りに出ると、左手におれた。小柳町にある三神道場にむかった

ようである。

弥八たちは、五木たちから一町の余も間をとって跡を尾けた。尾行は楽だった。行き先が分かっていたので、ふたりを見失っても、どうということはなかったのだ。

表通りを西にむかってしばらく歩いた後、五木たちは右手にまがった。そこも大きな通りで、人影は多かった。その通りを北にむかえば、小柳町に出られる。

小柳町に入っていっとき歩いた後、五木たちは瀬戸物屋の脇の路地に入った。路地の先に三神道場がある。

すでに、七ツ（午後四時）を過ぎていた。道場から稽古の音は聞こえてこなかった。午後の稽古を終え、門弟たちが帰った後だろう。

五木と矢島は道場の前に立つと、笠を取り、路地の左右に目をやってから道場に入った。

「近付いてみよう」

弥八が言った。

ふたりは、足早に道場にむかった。道場の戸口はあいていたが、ひっそりとしている。なかから、道場の床を踏む音と男の声が聞こえた。何人かいるらしいが、くぐもった声で話の内容まで聞き取れなかった。

「脇へまわってみるか」

弥八が小声で言った。

佐太郎は無言でうなずいた。

ふたりは、忍び足で道場の脇へまわった。道場の裏手には、母屋があった。古いが、大きな家である。道場主の三神の家族の住む家であろう。家族といっても、夫婦だけだと聞いていた。

道場の脇は、剣術道場らしく板壁になっていた。ふたりは、武者窓の下の板壁に身を寄せた。

道場内の話し声が聞こえてきた。四、五人いるようだ。三神道場の門弟たちの稽古のことを話しているらしい。

男たちのやり取りのなかで、話している者たちの名が知れた。五木、矢島、稲垣、高堀、それに瀬川《せがわ》という男である。声だけなので、佐太郎たちには瀬川が何者なのか、分からなかった。

門弟たちの稽古の話が一段落したとき、

ろう。

……ゆいを、いつまで閉じ込めておくのだ。

と、苛立ったひびきのある胴間声が聞こえた。矢島の声である。

……そう長い間ではあるまい。ちかいうちに、米沢どのから、何か言ってくるだろう。

別の声が言った。佐太郎も弥八も、だれの声か分からなかった。

……稲垣どの、ゆいを見ているのは、だれです。

五木の声だった。

……くにどのらしい。三神どのには、気がふれた女を、しばらく預かってほしい、と話してある。もっとも、三神どのも、米沢どのとかかわりのある女だと分かっているようだがな。

別の声がこたえた。稲垣らしい。

……そうか。

つづいて話す者がなく、道場から人声は聞こえてこなかった。咳払いや床で膝を動かすような音が聞こえていた。

……おい、こうなったら、千坂と師範代の永倉を斬ってしまったらどうだ。ふたりを斬れば、千坂道場はつぶれる。そうすれば、われらの邪魔をすることもなくなるはずだ。しかも、千坂道場の門弟たちの多くが、この道場に移るのではないか。

矢島が言った。

……三神道場が新しく、大きくなり、大勢の門弟たちが集まるのだ。これ以上のことはないぞ。

さらに、矢島が言った。

……それも、考えている。

稲垣が低い声で言った。

……乗りかかった船だ。おれたちも、やるしかないな。

と、別の声が聞こえた。

そこで話はとぎれ、今度は江戸の剣術道場の話になった。心形刀流の伊庭道場、神道無念流の斎藤道場、それに一刀流の千葉道場のことなどが話題になった。道場内にいる男たちは、それぞれの流派を褒めたりけなしたりしていたが、佐太郎と弥八にはよく分からなかった。

「母屋に、行ってみるか」

弥八が、声を殺して言った。

ふたりは、そっとその場を離れ、道場の脇をたどって裏手にまわった。母屋は道場からすこし離れたところにあった。母屋の前は、庭になっていた。梅、松、紅葉などが植えられていたが、ちかごろ植木屋の手が入らないとみえ、枝葉は伸び放題だった。地面も雑草におおわれている。

その庭の隅まで来たとき、弥八が足をとめ、

「ゆいさまは、母屋に監禁されているのではないかな」

と、声をひそめて言った。

「あっしも、そんな気がしやす」

佐太郎は、稲垣が口にした言葉を思い出した。稲垣は、気がふれた女を、しばらく預かってほしい、と三神に話したようだ。

「探ってみるか」

弥八が低い声で言った。獲物を追う猟犬のような目をしている。腕利きの岡っ引きらしい顔である。

「へい」

ふたりは、植木に身を隠しながら母屋に近付いた。

そのとき、母屋の戸口から人影があらわれ、「あっしは、これで」という声が聞こえた。老齢の男だった。小柄で腰がすこしまがっている。

老人は肩に継ぎ当てのある小袖を尻っ端折りし、股引を穿いていた。股引の膝にも継ぎ当てがある。

「下働きだな」

弥八が言った。

老人は庭を横切り、道場の脇を通って表の路地の方にむかった。

「佐太郎、あの男に訊いてみよう」

すぐに、弥八は踵を返し、来た道を引き返した。佐太郎も、弥八につづいた。道場の脇を通って路地に出ると、老人の後ろ姿が見えた。

老人は三十間ほど先を、とぼとぼと歩いていく。佐太郎と弥八は足を速め、老人に追いついた。

「ちょいと、すまねえ」

弥八が老人に声をかけた。

「あっしですかい」

老人は足をとめ、ゆっくりと振り返った。

「ちょいと、訊きてえことがあってな。歩きながら話すか」

弥八は、道場から離れたところで話をしたかったのだ。

「へえ……」

老人は不安そうな顔をした。

「なに、てえしたことじゃァねえんだ。あまり言いたくねえんだが、おれの知り合いの娘が、気鬱《きうつ》でな、家に引きこもっていたんだが、急に姿が見えなくなっちまってな。……それで、知り合いに訊くと、遠縁の者に預かってもらっている、と言うのよ」

「………」

老人は、目をしょぼしょぼさせて、弥八に顔をむけている。

「驚くじゃァねえか。娘の預かり先は、剣術道場だというんだぜ。いくらなんでも、剣術道場に気鬱の娘を預けたりするめえ」

「そ、その娘さんなら、道場にいやすよ」

老人がしゃがれ声で言った。

「なに、道場にいるだと！……け、剣術の稽古をしているのか」

弥八が驚いたような顔をして訊いた。

「剣術の稽古など、するわけがあるめえ」

老人が目を細めて笑うと、顔が皺《しわ》だらけになった。

「道場に、いるんじゃァねえのか」

さらに、弥八が訊いた。

「母屋だよ。……くにさまが、お世話をしてまさァ」

老人が、顔の笑いを消して言った。

「母屋ったって、娘を泊めておく座敷があるのかい」

弥八は、ゆいの監禁場所をつきとめようとした。

「あるよ。母屋はひろいからな。……台所のそばの座敷だ。おれも、めしを運んでやったりするんだ」

「三神さまの家族は多いのか」

弥八が訊いた。

「三神さまとくにさまの、おふたりだけだ」

「ふたりだけか。それなら、あいてる座敷もあるな」

弥八が納得したような顔をした。

「道場の門弟のなかに、母屋に寝泊まりしてる者もいるんじゃァねえのか」

脇から、佐太郎が訊いた。

「ちかごろ、高堀さまが泊まることが多いな」

老人がつぶやくような声で言った。

「ところで、師範代に、稲垣さまという強《つえ》えお方がいると聞いてるんだが、おめえ知ってるかい」

さらに、佐太郎が訊いた。

「知ってるよ。……稲垣さまも、泊まることがあるからな」

「稲垣さまは、近くに住んでるのかい」

「小柳町の稲荷《いなり》の近くだと、聞いた覚えがあるが……。お屋敷には、行ったことがねえ」

そう答えた老人の顔に、不審そうな表情が浮いた。佐太郎が、高堀や稲垣のことまで執拗《しつよう》に訊いたからであろう。

「爺さん、手間を取らせたな」

そう言って、弥八が足をとめると、佐太郎も立ちどまった。弥八はこれ以上訊くと、襤褸《ぼろ》が出ると思ったのだ。それに、知りたいことはあらかた聞いていた。

「佐太郎、ゆいさまの監禁場所が知れたな」

弥八が、離れていく老人の背に目をやりながら言った。

「へい」

佐太郎が、目をひからせて応えた。腕のいい岡っ引きを思わせる厳しい顔である。

第五章　頰ずり

1

千坂道場のなかは、静かだった。武者窓から入った夕陽に、道場の床が淡い茜《あかね》色に染まっている。

午後の稽古が終わり、門弟たちが道場を出てから半刻（一時間）ほど過ぎていた。道場の床に、六人の男が車座になって腰を下ろしていた。彦四郎、永倉、藤兵衛、要之助、佐太郎、弥八の六人である。

稽古が終わってしばらくしたとき、佐太郎と弥八が道場に顔を出した。道場内にいた彦四郎たちは、里美とお花を母屋に帰し、稽古場のなかほどに集まったのである。

「ゆいさまの監禁場所が知れやした」

弥八が切り出した。

「どこです」

要之助が、身を乗り出すようにして訊いた。

「三神道場でさァ」

弥八が言った。

「道場内に監禁されているのか」

すぐに、彦四郎が訊いた。

「いえ、道場の裏手に母屋がありやしてね。そこに、閉じ込められているようでさァ」

弥八が、三神の妻のくにが世話していることを言い添えた。

「三神どのも、一味なのか」

藤兵衛が驚いたような顔をした。

「一味かどうか知れやせんが、五木や矢島たちが、ゆいさまを攫ってきたことは気付いているようですぜ」

弥八が言った。

するると、佐太郎が、矢島は四人組の大柄な男であることを言い添えた。

「うむ……」

藤兵衛の顔に怒りの色が浮いた。藤兵衛は、三神だけはゆいを攫った一味ではない、と思っていたらしい。おそらく、三神が長年、道場主をやっているので、剣一筋に生きている男と思っていたのだろう。

「それに、やつらは、どこからか大金が入《へえ》って、道場を大きく建て替えるような話をしてやした」

「その金は、米沢が出すのではないか」

要之助が怒りに顔を赤く染めた。

「そうかもしれんな」

藤兵衛が言った。

弥八が口をとじたとき、佐太郎が、

「他にも、気になることを耳にしやした」

と、口をはさんだ。

「気になるとは？」

　彦四郎が訊いた。

「やつら、若師匠やご師範代を始末して、この道場をつぶすつもりなんでさァ。そうすりゃァ、うちの門弟たちが、三神道場に移ると言ってやした」

　佐太郎の顔にも怒りの色が浮いた。

「そんなことをさせるか！」

　永倉が怒声を上げた。

　次に口をひらく者がなく、道場内は重苦しい沈黙につつまれていたが、

「稲垣と矢島たちは、何としても討たねばならぬな」

　藤兵衛が顔をけわしくして言った。

「それも、ゆいを助け出してからです」

　と、彦四郎。

「すぐに、ゆいどのを助けに行きます」

　要之助が、立ち上がろうとした。ひとりで、行く気になっている。

「要之助、下手《へた》に動くと、ゆいを助ける前に始末されるぞ。それに、三神道場には遣い手がそろっている。ひとりやふたりで行ったのでは、返り討ちだ」

永倉が言った。

「弥八、三神道場も探ったのか」

藤兵衛が訊いた。

「へい、佐太郎と道場も探りやした」

「ふだん道場にいるのは、だれだ」

「稲垣はいつもいるらしいが、高堀もいることがあるようでさァ。……このところ、矢島たち四人も、道場に顔を出すことが多いようですぜ」

「大勢いると、厄介だぞ。いずれも遣い手だからな。下手に斬り合いになると、ゆいを助け出すどころか、返り討ちに遭う」

彦四郎が、顔をけわしくした。稲垣や矢島たちとやり合ったら、こちらからも犠牲者が出るだろう。

「矢島たちが道場にいないときを狙って、踏み込んだらどうだ」

そう言って、永倉が彦四郎に顔をむけた。

「それしかないな。……ところで、稲垣は道場に寝泊まりしているのか」

彦四郎が、弥八に訊いた。

「やつの塒は、同じ小柳町にありやす。暗くなったら、帰るようでさァ」

そう前置きして、弥八が話しだした。

弥八と佐太郎は、五木の跡を尾けて三神道場に行き、下働きの男からいろいろ訊いた翌日も、小柳町に出かけた。そして、小柳町にある稲荷の近くで聞き込んで、稲垣の住居をつきとめたのだ。

稲垣の住居は、借家だった。やはり、新造とふたりで住んでいるようだった。近所で聞き込むと、稲垣は御家人の冷や飯食いで、若いころから三神道場に通っているという。いまは、道場主の三神から相応の手当てをもらって、口を糊《のり》しているらしい。

「すると、夜は三神だけか」

「高堀がいるとみた方がいいですぜ。やつは、母屋に寝泊まりしているようでさァ」

佐太郎が言った。

「食客か。いずれにしろ、三神と高堀だけなら、何とかなろう」

藤兵衛が低い声で言った。

「やるのは、夜だな」

そう言って、彦四郎が男たちに視線をまわした。

2

「要之助、落ち着け!」

彦四郎が声をかけた。

「分かっています」

要之助は、逸る気を静めるように目をとじた。ゆいのことが気になって落ち着いていられないらしい。

そこは、千坂道場だった。薄暗い道場内に、彦四郎、藤兵衛、要之助の三人の姿があった。永倉、弥八、佐太郎の三人の姿はない。永倉たちは、三神道場の様子を探りに行っていた。稲垣や矢島たちが道場を出れば、知らせに来ることになっている。

弥八と佐太郎が千坂道場に来て、三神道場の母屋にゆいが監禁されていることを知らせた翌日である。彦四郎たちは、一日も早くゆいを助け出したいと思い、今日、三神道場の動きをみたうえで、踏み込むことにしたのだ。

「要之助、おれと佐太郎との三人で、母屋の裏手から踏み込むのだ。……三神か高堀が向かってきたら、おれが相手をする。要之助は、ゆいを助けることだけに専念しろ」

彦四郎が念を押すように言った。

「わ、分かりました」

要之助が目をあけて言った。

「三神は、わしに相手させてくれ。……一刀流と心形刀流の立ち合いということで、勝負をしたいのだ」

藤兵衛が言った。

「お任せします」

彦四郎は、藤兵衛の気持ちが分かっていた。三神は藤兵衛と同じように長年、道場主をやってきた男である。藤兵衛は、三神を稲垣たち一味のひとりとしてではなく、剣の立ち合いで討たれたことにしてやりたいのだ。

「そろそろだな」

藤兵衛が、戸口の方に目をむけて言った。

まだ、暮れ六ツ(午後六時)の鐘は鳴らなかったが、陽は沈み始めているはずである。

「途中まで、行きますか」

彦四郎が言った。

「そうだな」

藤兵衛が立ち上がった。

彦四郎たち三人が、戸口まで来たとき、走り寄る足音が聞こえた。

「佐太郎だぞ」

藤兵衛が言った。

佐太郎は戸口に駆け込むと、

「や、矢島たちが、道場を出やした」

と、声をつまらせて言った。走りづめで来たらしく、ハァハァと荒い息を吐いている。

「稲垣と高堀は」

彦四郎が訊いた。

「まだ、道場にいやす」

佐太郎によると、道場に来ていた矢島、五木、それに赤ら顔の瀬川という男が、道場を出たので、知らせにもどったという。

「永倉と弥八は、まだ見張っているのだな」

「へい」

「ともかく、三神道場に行ってみよう」

彦四郎は、三神道場に行くまでに辺りは暗くなっているのではないかと思った。

彦四郎たち四人は、千坂道場を出た。路地から柳原通りに出て、神田川にかかる和泉橋が前方に迫ってきたとき、暮れ六ツ（午後六時）の鐘が鳴った。

柳原通りを行き来する人々の姿が、だいぶすくなくなっている。通行人たちは、迫り来る夕闇に急かされるように足早に通り過ぎていく。

彦四郎たちが柳原通りから左手におれ、小柳町に入ると、

「こっちでさァ」

佐太郎が言って、先にたった。

通り沿いにある瀬戸物屋の脇の路地を入って、いっとき歩くと、前方に三神道場が見えてきた。

陽が沈み、路地は淡い夕闇につつまれていた。三神道場は、その夕闇のなかに黒い輪郭をくっきりと浮かび上がらせていた。辺りはひっそりしている。路地沿いの店《たな》は表戸をしめ、人影はほとんどなかった。ときおり、遅くまで仕事をしたらしい出職《でしよく》の職人や、一杯ひっかけたらしい若い衆《し》などが通り過ぎていく。

「永倉だぞ」

藤兵衛が言った。

巨軀の永倉が、足早にやってくる。

彦四郎は永倉がそばに来ると、

「永倉、稲垣たちは？」

と、すぐに訊いた。

「稲垣は、小半刻（三十分）ほど前に、道場を出たぞ」

「高堀は？」

「道場主の三神といっしょに母屋に入った」

「道場には、だれもいないのだな」

「いない。……いま、弥八が母屋を見張っている」

「行ってみよう」

彦四郎たちは、足を速めた。

道場に、ひとのいる気配はなかった。夕闇につつまれ、ひっそりとしている。

「母屋は、こっちでさァ」

佐太郎が、道場の脇から裏手にむかった。

彦四郎たちは、忍び足になった。まだ、母屋にいる三神や高堀に気付かれたくなかったのである。

道場の裏手まで来ると、母屋が見えた。戸口から淡い灯が洩れている。かすかに、人声が聞こえた。男と女の声であることは分かったが、何を話しているのか聞き取れなかった。三神と妻女が話しているのかもしれない。

「行くぞ」

彦四郎が小声で言った。

3

彦四郎たちは、母屋の脇まで来て足をとめた。樹陰に弥八がいた。母屋の戸口に目をやっている。

「弥八、どうだ」

彦四郎が訊いた。

「なかに、三神と高堀がいやす」

弥八によると、ふたりは家に入ったままだという。

家の表の引き戸は、一寸ほどあいていた。そこから灯が洩れ、細い筋になって戸口に伸びている。戸締まりは、まだらしい。

「おれたちは、裏手だぞ」

彦四郎が、要之助に言った。

背戸《せど》から、彦四郎、要之助、佐太郎の三人が侵入し、表から藤兵衛、永倉、弥八の三人が踏み込むことになっていた。

「行くぞ」

彦四郎が声をかけた。

彦四郎たち三人はその場を離れ、家の脇を通って裏手にまわった。

母屋の裏手に、狭い堀があった。その脇に小径があり、母屋の背戸近くにつづいている。その小径をたどれば、母屋から別の路地に出られるのかもしれない。

「あそこが、背戸ですぜ」

佐太郎が指差した。

戸はあいていた。淡い灯が洩れている。男のしゃがれ声がした。下働きの老人がいるのかもしれない。

彦四郎たちは、忍び足で背戸に近付いた。家の裏手は台所になっているらしく、流し場で水を使っているような音がした。

彦四郎たちは背戸の脇に身を寄せ、なかの様子をうかがった。台所にいるのは、ひとりらしかった。

「踏み込みますか」

要之助が言った。声に高揚したひびきがある。

夕闇のなかに浮かび上がった要之助の顔はこわばり、目が異様にひかっていた。気が昂っているらしい。

「焦るな。表が先だ」

彦四郎が、声を殺して言った。

藤兵衛たちが先に、表から踏み込むことになっていた。高堀と三神を表に引き出し、その隙に、彦四郎たちが裏手から入ってゆいを助け出すのである。

「は、はい……」

要之助は、身を乗り出すようにして背戸に目をむけている。


このとき、藤兵衛たちは表の引き戸の前に来ていた。

引き戸の先で、男と女の声が聞こえた。男はしゃがれ声だった。三神であろう。

三神が、女を、くに、と呼んだので、妻女がいっしょにいることが知れた。三神は、茶を飲んでいるらしい。夕餉の後であろう。

「あけやす」

弥八が声を殺して言った。

藤兵衛は、無言でうなずいた。脇にいる永倉も、踏み込む体勢をとっている。

戸はすぐにあいた。藤兵衛が踏み込み、永倉がつづいた。

土間の先に板間があり、その奥が座敷になっている。座敷に武士がひとり座し、湯飲みを手にしていた、膝先に箱膳が置いてあった。武士は老齢だった。鬢《びん》や髷は白髪である。三神のようだ。

三神の脇に、女が座していた。女も老齢である。くにであろう。

「何者だ!」

三神が鋭い声で誰何した。

くには顔をこわばらせ、三神のそばに躄《いざ》り寄った。

「千坂藤兵衛、千坂道場の者だ」

藤兵衛が土間に立ったまま名乗った。

「おれは、千坂道場の永倉平八郎だ」

つづいて、永倉が名乗った。

「うぬ……」

三神は膝を藤兵衛たちにむけたが、立ち上がらなかった。睨むように藤兵衛を見つめている。

三神は痩身だった。面長で、肉をえぐり取ったように頬がこけている。鼻梁が高く、細い目をしていた。その目に、切っ先のような鋭いひかりが宿っている。

「三神どの、表に出てもらおうか」

藤兵衛の声には、有無を言わせぬ強いひびきがあった。

「わしを討ちに来たのか」

三神が言った。

「立ち合いを所望！」

「立ち合いとな」

三神が驚いたような顔をした。

「わしは、おぬしらに、勝負を挑まれたと思っている。一刀流と心形刀流のな」

藤兵衛が、三神を見すえて言った。

「……よかろう」

三神が立ち上がった。

すると、くにが、

「お、おまえさま、やめて……」

と、声を震わせて言った。顔がひき攣ったようにゆがみ、体が激しく顫えている。

「くに、立ち合いは、藤兵衛どのの心遣いなのだ。……どうあっても、立ち合わねばならぬ」

三神は、座敷の隅の刀架けの大刀を手にした。三神には、藤兵衛の胸の内が分かったようだ。

「で、でも……」

くには、何とかとめようとして三神に近付いた。

「とめるな。潔く勝負せねば、武士の一分がたたぬ」

三神が、そう言ったとき、座敷の奥で、障子をあける音がした。つづいて、廊下を慌ただしく走る足音がした。

すぐに、廊下側の障子があき、小柄な武士が姿を見せた。高堀である。大刀を引っ提げている。

「千坂道場の者たちか！」

高堀が声を上げた。

すると、永倉が、

「高堀、うぬの相手はおれだ」

と、声を上げた。踏み込む前から、藤兵衛が三神と、永倉が高堀と立ち合うつもりだったのだ。

「おのれ！　千坂道場での決着をつけてくれる」

高堀が、怒りに顔を赭黒く染めて言った。

「表へ出てもらおうか。ここは、狭すぎる」

藤兵衛が言った。

「よかろう」

三神は手に提げていた大刀を腰に差し、戸口に足をむけた。

藤兵衛と永倉は、敷居を跨《また》いで外に出た。踏み込む前から、三神と高堀を外に引き出すつもりだった。ゆいを助け出すためである。

4

「三神たちを、外へ連れ出したようだ」

彦四郎が言った。

家のなかは、ひっそりしていた。台所から聞こえていた水を使う音もやんでいる。台所にいた者が表の騒ぎを耳にし、様子を見に表に行ったのかもしれない。

「戸をあけやすぜ」

佐太郎が、背戸をあけた。

ゴトゴト音がした。立て付けが悪かったらしい。彦四郎、要之助、佐太郎の三人は、背戸から踏み込んだ。

そこは台所だった。土間に竈《へっつい》と流し場があり、その先が、狭い板間になっていた。板間の右手に廊下がある。その廊下に、男がひとり立っていた。台所にいた者だろう。腰のまがった老人だった。下働きの男らしい。

「盗人だァ！」

老人は、踏み込んできた彦四郎たちを見て声を上げ、バタバタと廊下を駆けて表にむかった。

佐太郎が、老人を追おうとすると、

「かまうな」

彦四郎が制した。下働きの男は、逃がしてもかまわない。

「ゆいを探すのだ。どこかの部屋に、閉じ込められているはずだ」

彦四郎たちは、台所に目をやった後、板間に上がった。辺りに人影はない。

「部屋を探すんだ」

右手の廊下が、表につづいているようだ。

彦四郎たちは、廊下に出た。廊下は夕闇につつまれていた。それでも目が慣れると、廊下の右手に、障子がたててあるのが分かった。何部屋かあるらしい。廊下の左手は雨戸がたててあった。


……近くの部屋に、ゆいどのがいる！

と、要之助は思った。

要之助は彦四郎の前に出た。自分の手で、ゆいを助け出したい、という強い思いでそうなったのだ。

要之助たちは、忍び足で廊下に踏み込んだ。要之助は台所に近い部屋の障子の前に立つと、なかの気配をうかがった。

物音も、人声も聞こえなかった。静寂につつまれ、ひとのいる気配がない。それでも、要之助は、障子をあけてみた。部屋のなかは暗かった。人影はない。部屋の隅に、枕屏風《まくらびょうぶ》が立ててあった。寝間らしい。

要之助は気配をうかがいながら廊下を進み、次の部屋の前に立った。障子に身を寄せると、かすかに衣擦れの音がした。

……だれかいる！

要之助は、すぐに障子をあけた。

部屋の隅に、ぼんやりと人影が見えた。だれか、柱に身を寄せて座っている。女のようだ。

女は顔を要之助にむけた。その顔が、闇のなかに白く浮かび上がったように見えた。

「ゆいどの！」

要之助は、座敷に飛び込んだ。彦四郎と佐太郎が、つづいた。

ゆいは猿轡をかまされ、後ろ手に縛られていた。ゆいは目をいっぱいに見開き、何か叫ぼうとして口を動かした。

「ゆ、ゆいどの、助けに来たぞ」

要之助は、すぐにゆいの猿轡をとってやった。

「よ、要之助さま……」

ゆいが、かすれたような声で言った。

要之助は、ゆいの背後にまわり、両腕を縛っている細引も解いてやった。そして、ゆいの前にまわると、

「ゆいどの、怪我はないか」

と、ゆいの両肩に手を乗せ、いたわるように訊いた。

「は、はい……」

ゆいが、涙声で答えた。要之助が手を置いたゆいの肩が、ビクビクと顫えている。

「お師匠たちも、来てくれたぞ。……もう、大丈夫だ」

要之助がそう言って、ゆいに顔を近付けたとき、

「要之助さま……」

と、涙声で言い、両手を伸ばして要之助の背にまわした。

要之助がゆいの肩に乗せた両手を下ろすと、ゆいは要之助に顔を近付け、頰を要之助の頰に押しつけるようにした。そして、要之助さま、要之助さま、と呼びながら、頰を要之助の頰に擦《こす》りつけた。

要之助は両手をゆいの背に伸ばし、ほっそりした体を押し包むように抱いてやった。

ゆいの涙が、要之助の頰や顎を濡らした。ゆいの涙とやわらかな頰の感触が、要之助の頰に染み込むように伝わり、胸に愛しさが衝《つ》き上げてきた。

「ゆいどの！」

要之助は、ゆいを強く抱いた。

ゆいは、頰をつけたまま動かなかった。いっとき嗚咽《おえつ》を洩らしていたが、何か思いついたように、すこし顔を離し、

「お髭が、ない方がいい……」

と、涙声で言い、身を寄せて、さらに強く頰ずりをした。

……やっぱり、髭は剃ろう。

要之助は頭のなかでつぶやき、ゆいを抱く腕にさらに力を込めた。

彦四郎は、そっと座敷を出た。後は、要之助にまかせておこうと思ったのである。

佐太郎も、廊下に出てきた。

「あっしも、髭は剃ってるんですがね」

佐太郎が、顎を撫でながら言った。苦笑いを浮かべている。

「佐太郎も、早く連れ合いを見つけるんだな」

「そうしやす」

「表に行くぞ」

彦四郎は、廊下を表の方に足早にむかった。藤兵衛と永倉の闘いが、どうなったか気になっていたのである。

家のなかでは、闘っている様子はなかった。手筈どおり、藤兵衛たちは三神と高堀を外に連れ出したようだ。

5

藤兵衛と三神は、家の前の庭にいた。およそ、三間半ほどの間合をとって対峙している。ふたりとも、まだ刀は抜いていなかった。

三神は老いてはいたが、武士らしい毅然としたものがあった。目にも剣客らしい鋭いひかりがある。娘を人質にとって、野心を遂げようとするような男には見えなかった。

一方、永倉と高堀も庭にいた。藤兵衛たちから離れた場所で、相対している。ふたりは、すでに抜刀していた。永倉は八相、高堀は青眼である。ただ、ふたりの間合は遠く、まだ斬撃の気配はなかった。

「立ち合う前に、訊いておきたいことがある」

藤兵衛が言った。

「何を聞きたい」

「おぬし、米沢どのに頼まれて岩田要之助の命を狙い、ゆいを攫ったのだな」

「頼まれたのは、わしではない」

「稲垣か」

「そうだ。……もっとも、わしも稲垣たちが何をしていたか、承知していたのでな。

わしも、同罪だ」

三神が言った。まったく隠す気はないようだ。

「米沢と稲垣は、どうやって知り合ったのだ。米沢の子が、門弟だったからか」

藤兵衛は米沢を呼び捨てにした。稲垣たちの黒幕とみたからであろう。

「そのようだ。入門のおりに、米沢どのがみえ、稲垣と色々話したようだ。……わしは、後から聞いたのだが、そのとき稲垣は、道場が手狭なことや古くなったことを米沢どのに話したらしい。……おそらく、金があれば、というようなことも洩らしたのだろう」

三神は淡々と話した。覚悟を決めたようだ。

「それで、米沢は稲垣に、ひそかに要之助を斬るよう頼んだのだな」

米沢にすれば、稲垣は安心して頼める相手だったのだろう。子が通う道場の師範代というだけで、他につながりはないし、しかも稲垣をはじめ主だった門弟たちは、いずれも遣い手なのだ。

「稲垣だが、道場の師範代というかかわりだけなのか」

藤兵衛が訊いた。師範代が、道場を改築する金を都合するために、自ら危ない橋を渡るだろうか。

「いまは師範代だが、ちかいうちに道場を譲ることになっていたのだ。わしは、子がないのでな」

「そういうことか」

稲垣には、自分の道場を大きくしたいという思いがあったようだ。

「稲垣は師範代として、よくやってくれていたからな」

三神が言った。

「矢島たち四人とは、どういうかかわりがあるのだ」

実際に手を出したのは、矢島たち四人である。おそらく、稲垣と深いつながりがあるはずである。

「矢島たちも、うちの門弟だ。……もっとも、いまはあまり道場に来ないがな。稲垣や高堀とは、前から親しかったようだ」

「うむ……」

藤兵衛は、門弟と師範代のかかわりというだけで、そこまでやるだろうかと思ったが、それ以上三神には訊かなかった。永倉と高堀の闘いが始まったらしく、ふたりの鋭い気合が聞こえたからである。

「まいるぞ」

藤兵衛は抜刀した。

「おお！」

三神も抜いた。

藤兵衛は青眼に構え、剣尖を三神の喉元につけた。

三神は八相だった。両肘を高くとり、刀身を垂直に立てる、大きな構えだった。

ふたりの立ち合い間合は、およそ四間——。まだ、一足一刀の斬撃の間合からは遠かった。

……遣い手だ！

と、藤兵衛は思った、
三神の八相の構えには隙がなく、腰がどっしりと据わっていた。三神は老齢だったが、老いを感じさせなかった。全身に気勢がみなぎり、対峙した者を圧倒する覇気がある。剣一筋に生きてきた者の持つ峻厳さがただよっていた。

三神の顔にも、驚きの色が浮いた。藤兵衛の構えを見て、予想以上の達人と分かったからであろう。

「この歳になって、おぬしのような者と立ち合えるとは、幸運なことだ」

三神の口許に微笑が浮いたが、すぐに消えた。

「わしも、同じ思いだ」

藤兵衛が言った。

「まいる！」

三神が間合を狭め始めた。

足下で、ザッ、ザッ、と音がした。三神は爪先で雑草を分けながら間合をつめてくる。藤兵衛も動いた。足裏で地面を摺るようにして、間合をつめていく。

間合が狭まるにつれ、ふたりの全身に気勢が漲り、斬撃の気配が高まってきた。

ふいに、ふたりの寄り身がとまった。一足一刀の間境《まざかい》の一歩手前である。ふたりは、このまま斬撃の間境を越えると、危ない、とみたのである。

ふたりは全身に気勢を込め、気魄で攻め合った。気攻《きぜ》めである。気魄で攻め、敵の気の動きを乱そうとしたのだ。

激しい気の攻防がつづいた。だが、ふたりはまったく動かなかった。気魄だけで、攻め合っている。

時が流れた。息詰まるような、緊張と痺れるような剣気が、ふたりの達人をつつんでいる。そのとき、高堀の絶叫がひびいた。永倉の斬撃をあびたらしい。その絶叫が、藤兵衛と三神をつつんでいた剣の磁場を劈《つんざ》いた。

刹那、ふたりの全身に斬撃の気がはしった。

イヤアッ！

タアッ！

ふたりの鋭い気合がひびき、体が躍り、閃光がはしった。

藤兵衛が踏み込みざま真っ向へ——。

三神が八相から袈裟へ——。

二筋の閃光が合致した瞬間、甲高い金属音がひびき、青火が散った。次の瞬間、ふたりは背後に跳びざま二の太刀をふるった。

藤兵衛は両腕を伸ばして袈裟に払い、三神は籠手をみまった。

一瞬の攻防である。

ザクリ、と三神の左肩が裂けた。藤兵衛の切っ先が、とらえたのだ。

一方、三神の切っ先は藤兵衛の腕にとどかず、袂を裂いただけである。藤兵衛が後ろに跳びざま刀を振り上げたため、腕ではなく袖をとらえたのだ。

ふたりは大きく間合をとり、ふたたび青眼と八相に構え合った。

6

三神の左肩から血が噴いている。傷は深いようだ。八相に構えた刀身が小刻みに震えている。

「まだ、勝負はついておらぬ」

三神は、目をつり上げて言った。左肩から噴出した血が、左頰や顎を赤く染めている。夜叉《やしゃ》を思わせるような顔だった。

「まいる！」

藤兵衛は青眼に構え、間合をつめ始めた。

対する三神は動かなかった。大きな八相に構えたまま立っている。

藤兵衛の足下で、ザザザッ、と雑草を分ける音がひびいた。藤兵衛の寄り身は速かった。摺り足で、間合をつめていく。

間合が狭まるにつれ、藤兵衛の全身に気勢が漲り、斬撃の気が高まった。

三神は動かない。藤兵衛が、斬撃の間境に踏み込むのを待っている。八相からの捨て身の一撃で、勝負を決するつもりなのだ。

藤兵衛の寄り身がとまった。斬撃の間境まで、あと一歩である。

そのとき、藤兵衛は、ヤッ！　と短い気合を発し、つッ、と切っ先を突き出した。斬撃の動きを見せたのである。

刹那、三神の全身に斬撃の気がはしった。

イヤアッ！

裂帛の気合を発し、三神が斬り込んだ。

八相から袈裟へ——。刃唸《はうな》りをたてて、三神の切っ先が藤兵衛を襲う。

刹那、藤兵衛は身を引いた。

間一髪、三神の切っ先は、藤兵衛の胸をかすめ、空を切って流れた。

一寸の見切りである。次の瞬間、藤兵衛は鋭い気合とともに、刀を横一文字に払った。神速の一撃だった。

ビュッ、と三神の首から血が飛んだ。つづいて、血が驟雨のように飛び散った。藤兵衛の切っ先が、三神の血管《ちくだ》を斬ったのである。

三神は、血を撒きながらよろめいたが、雑草に足をとられ、前につんのめるように倒れた。

叢《くさむら》に俯《うつぶ》せに倒れた三神は、悲鳴も呻き声も上げなかった。頭を擡《もた》げようともしない。四肢を痙攣《けいれん》させているだけである。すでに、絶命しているのかもしれない。首筋から流れ出た血が、雑草を揺らし、カサカサと乾いた音をたてている。

藤兵衛は、横たわった三神のそばに近付くと、

……いい勝負だったな。

とつぶやき、死体にむかって手を合わせた。

すぐに、藤兵衛は永倉に目をやった。

永倉と高堀の勝負も終わっていた。永倉は血刀を手にして立ち、高堀は叢のなかにへたり込んでいる。

高堀の肩から胸にかけて小袖が裂け、血に染まっていた。永倉の斬撃をあびたらしい。藤兵衛が永倉の方へ歩もうとしたとき、彦四郎と佐太郎が駆け寄ってきた。

彦四郎は、藤兵衛と三神が一合したときから庭に出ていたのだが、藤兵衛と三神の気魄に圧倒され、近寄れなかったのだ。それに、彦四郎には、藤兵衛が後れをとることはない、という読みがあった。

「お師匠は、強《つえ》えや！」

佐太郎が感嘆の声を上げた。

「ゆいと要之助は」

藤兵衛が、彦四郎に訊いた。

「ゆいは、助けました」

彦四郎がそう言うと、

「ふたりは、戸口にいやすぜ」

佐太郎が声を上げた。

見ると、ゆいが要之助に寄り添うように立っていた。

「ゆいは、無事のようだな」

藤兵衛が、ほっとしたような顔をした。

「義父上、高堀は生きているようです。話を聞いてみますか」

高堀は叢のなかにへたり込んでいた。かすかに、呻き声が聞こえる。

彦四郎は、高堀のそばに立っている永倉に足をむけた。佐太郎と藤兵衛が、彦四郎についてきた。

「永倉、怪我はないか」

彦四郎が訊いた。

「ない、危うかったがな」

永倉は、顔の返り血を手の甲で擦りながら言った。傷はなさそうである。

高堀は叢に尻餅《しりもち》をつき、苦しげな呻き声を洩らしていた。まだ、肩から血が迸《ほとばし》り出ていた。肩から胸にかけて、小袖がどっぷりと血を吸っている。

高堀の顔は土気色をし、体が小刻みに顫えていた。

「高堀、おぬし、三神道場の門弟ではあるまい」

彦四郎が訊いた。

「ああ……」

高堀は苦しげに顔をしかめて、返答とも呻き声ともつかぬ声で答えた。

「なぜ、稲垣たちに味方したのだ」

「み、三神どのに、世話になったからだ」

高堀が喘ぎながら言った。隠す気はないようだ。

「おぬし、ゆいの見張り役で、三神どののところに寝泊まりしていたのではないのか」

彦四郎が訊いた。

「ち、ちがう。……あの女、生かしておくことはなかったのだ」

「ゆいを殺してしまったら、米沢の次男に小堀家の跡を継がせることが、できなくなるではないか」

米沢は、ゆいを殺せないはずだ。

「あ、あの女に、もう用はないのだ」

高堀の息が乱れてきた。体の顫えも激しくなっている。もう、長くないだろう。

「どういうことだ」

彦四郎が声を大きくして訊いた。

「……こ、小堀家には、助次郎の嫁に、ちょうどいい女がいるではないか」

高堀は嗤《わら》おうとしたようだが、口がゆがんだだけだった。肩を上下させながら、苦しげに息をしている。

「次女のきよか！」

思わず、彦四郎が声を上げた。

きよは、十二歳と聞いていた。助次郎も十二歳である。米沢はゆいではなく、きよに狙いを変えたのか。

そのとき、彦四郎は、松波から聞いた話を思い出した。米沢は、富左衛門に会ったおりに、ゆいに好いた男がいるなら、助次郎と無理にいっしょにさせなくともよい、と口にしたという。

……米沢は、ゆいから妹のきよに鞍替《くらが》えしたのだ。

それで、ゆいは生かしておく必要がなくなった。では、なぜ、ゆいを生かしておいたのだろうか。

「なぜ、すぐに、ゆいを殺さなかったのだ」

彦四郎が声を大きくして訊いた。

「……ま、まだ、ゆいに使い道があったからだ。お、おぬしらを、おびき寄せる囮《おとり》になる。……そ、それに、三神どのが、ゆいを殺すことに、強く反対されたのだ。

……あ、あの娘を、殺せば、わしが、稲垣たちを斬る、とまで言ってな」

「そうだったのか」

彦四郎にも、三神の胸の内や、稲垣たちがなぜゆいを監禁していたのか分かった。

そのとき、高堀が、グッと喉のつまったような呻き声を洩らし、顎を突き出すようにして身を反らした。すぐに、高堀の首が落ち、体から力がぬけてぐったりとなった。息がとまっている。

「死んだ……」

彦四郎がつぶやくような声で言った。

7

彦四郎たちは、ゆいを連れて三神道場を出ると、千坂道場にもどった。その夜は、ゆいと永倉も道場に泊まることになった。夜遅くなってから、ゆいを小川町の屋敷まで連れて帰ることができなかったからだ。

翌朝、まだ暗いうちに、彦四郎、永倉、藤兵衛、佐太郎の四人は、道場を出て神田小柳町にむかった。彦四郎たちは、稲垣を討つつもりだった。三神たちが殺されたことを、稲垣が知る前に始末したかったのだ。

弥八は自分の長屋に帰っていた。相手は稲垣ひとりなので、四人で十分である。

彦四郎たちは、柳原通りを足早に歩いた。まだ、通りは夜陰につつまれ、人影はなかった。通り沿いの店も、夜の静寂《しじま》のなかに黒く沈んでいる。

「稲垣はいるかな」

彦四郎が佐太郎に訊いた。

「いるはずでさァ。暗いうちから、道場に出かけるはずはねえ」

佐太郎が言った。

彦四郎たちは、柳原通りから小柳町の町筋に入った。東の空が、淡い曙《あけぼの》色を帯びてきた。まだ、通り沿いの家並は夜陰につつまれているが、空は白んできて、星も輝きを失ってきたようである。

彦四郎たちが、通り沿いの稲荷のそばまで来たとき、

「こっちでさァ」

佐太郎が稲荷の脇の路地に入った。

そこは、寂しい路地だった。店はあまりなく、空き地や笹藪なども目についた。路地に入って一町ほど歩いたとき、佐太郎が足をとめ、

「その家ですぜ」

と言って、斜向かいにある仕舞屋を指差した。

借家ふうの古い家だった。脇は、雑草におおわれた空き地になっていた。路地を隔てた向かいにも、借家ふうの家がある。

路地沿いの家から洩れる灯の色はなく、ひっそりと寝静まっている。それでも、空はだいぶ明るくなり、どこからか、表戸をあける音が聞こえた。朝の早い家が、起きだしたようである。

「稲垣は、まだ寝てるようだな」

藤兵衛が言った。

「寝込みを襲うか」

と、永倉。

「寝込みを襲ったのでは、千坂道場の名折れだぞ。立ち合いで、討たねばな」

藤兵衛が言った。

「すこし、待ちましょう」

彦四郎は、小半刻（三十分）もすれば、稲垣も起きるだろうと思った。

「旦那たちは、ここにいてくだせえ。あっしが、様子をみてきやすよ」

そう言い残し、佐太郎が足早に稲垣の家にむかった。

佐太郎は家の前まで行くと、足音を忍ばせて戸口に身を寄せた。家のなかの様子を探っているようだ。

いっときして、佐太郎がもどってきた。

「どうだ、なかの様子は」

彦四郎が訊いた。

「起きたようでさァ」

「男の声が聞こえたか」

借家には、稲垣と妻女が住んでいるはずである。

「それが、男がふたりいるようなんで……」

佐太郎が首をひねりながら、男の会話が聞こえたことを話し、

「ふたりとも、武家のようでしたぜ」

と、言い添えた。

「だれかな」

彦四郎には、分からなかった。

「矢島たちかもしれんぞ」

永倉が言った。

「ゆいたちを襲った一味の者がいるなら、稲垣といっしょに討てばいい」

藤兵衛は、平静だった。彦四郎と永倉も来ていたので、稲垣の他に矢島たちのだれかがいても討てると踏んだのだろう。

「そろそろ、行きますか」

彦四郎が、東の空に目をやって言った。

東の空に曙色がひろがり、上空は青さを増している。辺りは白み、闇に閉ざされていた家々は、その輪郭と色彩をとりもどしていた。路地のあちこちから、表戸をあける音が聞こえてくる。あと、小半刻（三十分）もすれば、明け六ツ（午前六時）の鐘が鳴るかもしれない。

彦四郎たちは、稲垣の住む仕舞屋に近付いた。戸口の前まで行くと、佐太郎が引

き戸を引き、

「心張り棒が支ってありやすぜ」

と、小声で言った。

「ぶち破るか」

永倉が前に出ようとした。

「あっしに、まかせてくだせえ。……家のやつに、戸をあけさせやすから」

佐太郎はそう言うと、ドン、ドン、と板戸をたたき、

「あけてくだせえ！　三神道場から来やした。あけてくだせえ！」

と、声を上げた。

すると、板戸の向こうで、「三神道場からの使いだぞ」という男の声がし、戸口に近付いてくる足音が聞こえた。

ガラッ、と引き戸があいた。

姿を見せたのは、稲垣だった。稲垣は小袖に角帯姿だった。刀は手にしていない。

稲垣は、戸口に立っている佐太郎を見て、

「三神道場から来たのは、おまえか」

と、不審そうな顔をして訊いた。見覚えのない顔だったからであろう。

このとき、彦四郎たちは戸口の脇に身を寄せていて、稲垣には見えなかったのである。

「へい」

「何の用だ」

「用があるのは、こちらにいる旦那方でさァ」

佐太郎が、彦四郎たちに目をやった。

「千坂道場のやつらか！」

稲垣が驚いたような顔をして声を上げた。

「稲垣、三神と高堀は、われらが討ち取ったぞ」

彦四郎が、戸口の前に出て言った。

藤兵衛と永倉は、彦四郎の両脇に立って戸口をふさいでいる。

「な、なに！」

稲垣の顔色が変わった。面長で鼻梁の高い顔が憤怒で赭黒く染まり、彦四郎たちを睨むように見すえている。

「襲ったのではない。堂々と立ち合って、討ったのだ」

藤兵衛が言った。

「おのれ!」

稲垣が後じさった。

土間の先に、狭い板間があり、その先が座敷になっていた。座敷には、もうひとり武士がいるようだ。

「戸山《とやま》、千坂道場の者たちだ!」

稲垣が、座敷にいる武士に声をかけた。戸山という名らしい。

すぐに、稲垣は土間から板間に上がった。そこへ、牢人体の男が近付いてきた。戸山であろう。彦四郎は戸山の顔に、見覚えがあった。矢島たち四人組のひとりである。

彦四郎、藤兵衛、永倉の三人は、土間に入ると、

「稲垣、戸山、尋常に立ち合え。……それとも、われらに恐れをなし、師の敵を前にして逃げるつもりか」

彦四郎が言った。

「うぬらは三人、われらはふたり。尋常な立ち合いといえるか」

稲垣が怒りに声を震わせて言った。

「わしは、検分役をやろう」

藤兵衛が言った。

「稲垣、相手はおれだ」

彦四郎は、稲垣を見すえて言った。ここに来る前、彦四郎が稲垣と立ち合うことになっていた。彦四郎が、藤兵衛と永倉に頼んだのである。彦四郎は千坂道場の主《あるじ》として、稲垣は自分の手で討とうと思っていたのだ。

「戸山は、おれだな」

永倉が言った。

「やるしかないな」

稲垣が言うと、戸山もうなずいた。

稲垣と戸山は、すぐに座敷にとってかえし、大刀を手にしてもどってきた。逃げる気はないようだ。三神と高堀が討たれたと聞き、何としても彦四郎たちを討ちたいと思ったのであろう。それに、ふたりとも腕に覚えがあるのだ。

8

東の空に、曙色がひろがっていた。まだ、家の軒下や樹陰などには淡い夜陰が残っていたが、路地や空き地などは、さわやかな朝の空気につつまれている。

彦四郎は借家の脇の空き地で、稲垣と対峙した。

一方、永倉と戸山は、彦四郎たちから十間ほど離れた空き地の隅で切っ先をむけ合っていた。ふたりとも相青眼に構えている。

彦四郎と稲垣の立ち合い間合は、およそ四間半——。まだ、斬撃の間合からは遠い。

稲垣は八相に構えた。腰の据わった大きな構えである。長身の上に、両肘を高くとり、刀身を垂直に立てていた。上からおおいかぶさってくるような威圧感がある。

……構えに、圧倒される！

と、彦四郎は感じた。身が引き締まり、かすかに体が顫えた。恐怖や怯えではなかった。武者震いである。遣い手と対峙したとき、体が反応して顫えるのだ。

彦四郎は青眼に構えると、すかさず刀身をすこし上げ、剣尖を稲垣の左拳につけた。八相に対する構えだが、彦四郎は切っ先をかすかに上下に動かした。稲垣を牽制し、斬撃の動きを迅くするためである。

いっとき、ふたりは立ち合い間合のまま気で攻め合っていたが、

「まいる！」

稲垣が声を上げ、先に動いた。

稲垣は足裏を摺るようにして、ジリジリと間合を狭めてきた。全身に気勢が漲り、いまにも斬り込んできそうである。

……八相からの斬撃は、迂闊に受けられない！

と、彦四郎は察知した。稲垣の斬撃は迅いだけでなく、膂力《りょりょく》のこもった剛剣とみたのである。

すぐに、彦四郎が青眼から刀身を上げて八相に構えた。しかも、稲垣と同じように摺り足で、間合を狭め始めたのだ。

稲垣の顔に驚いたような表情が浮いたが、すぐに消えた。稲垣は構えを変えず、寄り身もとめなかった。

八相と八相——。ふたりの間合が、狭まってくる。

間合が狭まるにつれ、ふたりの全身から痺れるような剣気がはなたれ、斬撃の気配が高まってきた。

ふたりは、寄り身をとめなかった。一足一刀の斬撃の間境を越えるや否や、ほぼ同時にふたりの全身に斬撃の気がはしった。

イヤアッ！

タアリャッ！

ふたりの裂帛の気合が朝の静寂を劈き、ふたりの体が躍り、二筋の閃光がはしった。

袈裟と袈裟——。ふたりの刀身が眼前で合致し、ガキッ、という金属音とともにふたりの動きがとまった。

鍔迫り合いである。ふたりは腰を落とし、刀身を押し合った。

と、彦四郎は刀を強く押し、相手が押し返す一瞬の隙をついて、後ろに跳びざま面を斬り下ろした。一瞬の太刀捌きである。

切っ先が、稲垣の面を浅くとらえた。

稲垣の額から鼻にかけて、赤い血の線が浮き、タラタラと筋を引いて流れた。

ふたりは大きく間合をとり、稲垣は八相に、彦四郎は青眼に構えた。

稲垣が目を閉じて、顔を横に振った。額から流れ出た血が鼻筋で両脇に流れ、目に入ったらしい。

「お、おのれ！」

稲垣が顔をゆがめた。

額から流れ出た血は頬をつたい、顎へと流れた。顔が、赤い筋状に染まっている。眉を寄せてゆがめた顔は、夜叉を思わせるような凄《すさ》まじい形相だった。

「師の敵！」

叫びざま、稲垣が間合をつめてきた。

稲垣は八相に構えたまま、摺り足で迫ってきた。気攻めも牽制もない、速い寄り身である。

彦四郎は動かなかった。気を静めて、稲垣の斬撃の気配を読んでいる。

一足一刀の斬撃の間境に迫るや否や、稲垣の全身に斬撃の気がはしった。

タアリャッ！

甲走った気合を発し、稲垣が斬り込んだ。

八相から袈裟へ――。

隙をついた攻撃ではなかった。捨て身の斬撃である。

刹那、彦四郎は、青眼から逆袈裟に刀身を撥《は》ね上げた。

シャッ、という刀の鎬の擦れ合う音がし、稲垣の刀身が斜に流れた。彦四郎は稲垣の袈裟への斬撃を読み、逆袈裟に撥ね上げて受け流したのである。

タアッ！

彦四郎は鋭い気合を発し、二の太刀をはなった。

逆袈裟に撥ね上げた刀身を返しざま、袈裟へ斬り下げたのだ。神速の太刀捌きである。切っ先が、稲垣の首筋をとらえた。

稲垣の首が横にかしいだ瞬間、血飛沫《ちしぶき》が飛び散った。稲垣は血を驟雨のように噴出させながら、前によろめいた。だが、すぐに足がとまり、体が大きく揺れ、腰から沈むように転倒した。

地面に仰臥《ぎょうが》した稲垣は、顔をゆがめたまま血塗れになって息絶えた。首筋から流れ出た血が、稲垣の体を赤い布でつつむようにひろがっていく。

彦四郎は、すぐに永倉に目を転じた。

永倉は、戸山と対峙していた。戸山の青眼に構えた刀身が、ワナワナと震えている。戸山は肩から胸にかけて斬られ、上半身が蘇芳《すおう》色に染まっていた。永倉の斬撃をあびたらしい。

彦四郎が永倉に足をむけたとき、戸山が絶叫のような気合を発して斬り込んだ。振りかぶりざま真っ向へ——。

一瞬、永倉は右手に体をひらきざま、刀身を横に払った。払い胴が、戸山の脇腹をとらえた。

戸山は前によろめき、足がとまると、がっくりと両膝を折って蹲《うずくま》った。そして、両手で腹を押さえて前にくずれるように倒れ、両膝を曲げたまま横臥した。

彦四郎は、永倉のそばに身を寄せた。藤兵衛と佐太郎も、足早に近付いてきた。

永倉は、戸山の脇に血刀を引っ提げたまま立っている。

戸山は顔をしかめ、苦しげな呻き声を洩らしていた。体は血塗れで、脇腹から截断された臓腑が覗いている。

「すぐには、死なぬ。……武士の情けだ。わしがとどめを刺してくれよう」

藤兵衛が戸山の脇に立って刀を抜き、戸山の首筋を斬った。

首筋から激しい勢いで血が迸り出、いっときすると戸山は動かなくなった。絶命したようである。

「これで、始末がついたな」

藤兵衛が低い声で言った。

「いえ、まだ、矢島たちが残っています」

彦四郎が言った。

矢島、五木、瀬川の三人が残っていた。矢島たち三人が、三神や稲垣たちが斬られたことを知った後、どう動くか分からなかった。三神や稲垣の敵を討つために、彦四郎たちを襲うかもしれない。

「そうだったな」

藤兵衛が顔をひきしめて言った。

第六章　待ち伏せ

1

「要之助、髭は剃ったのか」

　永倉が要之助に声をかけた。

「はい、月代も剃りました」

　着替えの間から出てきた要之助が、照れたような顔をして言った。髭と月代を剃っただけではなかった。袴と羽織姿に着替え、身装《みなり》をととのえている。なかなかの男前だった。それに、育ちのいい武家の好青年に見える。

「これなら、ゆいも惚れ直すぞ」

　永倉が、ちゃかすように言った。

「そろそろ出かけるか」

彦四郎が声をかけた。

小柳町で、彦四郎たちが稲垣と戸山を斬ってから四日経っていた。すでに、ゆいは小堀家に帰っている。

昨日、小堀家の用人の松波が千坂道場に姿をみせ、彦四郎たちに屋敷に来てほしい、と話した。富左衛門が、此度の件の話を聞きたいのだという。

彦四郎は、すぐに承知した。彦四郎から話したいこともあったし、富左衛門に訊きたいこともあった。そうした経緯があって、彦四郎、永倉、要之助の三人で、小堀家を訪ねることになったのだ。

五ツ（午前八時）ごろだった。今日は稽古に出られないが、藤兵衛が道場に来てくれていたので、まかせればいい。

彦四郎たち三人は柳原通りに出ると、西に足をむけた。小川町にある小堀家へ行くのである。

彦四郎たちが神田川にかかる和泉橋のたもとを過ぎたとき、たもと近くの岸際に立っていた網代笠の武士が、彦四郎たち三人の姿を目にとめ、跡を尾け始めた。

柳原通りは、人通りが多かったこともあり、彦四郎たちは、背後の武士に気付かなかった。

彦四郎たちは、賑やかな筋違御門のたもとを横切り、神田川沿いの通りをさらに西にむかった。いっとき歩くと、急に人通りがすくなくなった。左手には大身の旗本の屋敷がつづいている。

彦四郎たちは、ゆいたちが襲われた近くまで来た。そのとき、跡を尾けてきた網代笠の武士の足がとまった。そして、彦四郎たちの背に目をむけていたが、踵を返すと、来た道を足早に引き返していった。

彦四郎たちは、背後の武士に気付かなかった。

「こっちです」

要之助が先にたって、左手の通りに入った。

しばらく歩くと、小川町に入った。通り沿いには、大身の旗本屋敷がつづいていた。行き交うのは、供連れの武士や中間などである。

「その屋敷です」

要之助が路傍に足をとめて指差した。

斜向かいに、旗本屋敷の表門が見えた。千石の旗本に相応《ふさわ》しい、豪壮な感じのする門番所付の長屋門である。

門の前まで行くと、要之助が門番の若党に取次を頼んだ。すでに、門番も承知していたらしく、すぐに門扉があき、彦四郎たち三人を通してくれた。

屋敷の玄関の前で、用人の松波と若党らしい武士が待っていた。

「よう、おいでくだされた。殿が、お待ちでござる」

松波が目を細めて言った。

松波は彦四郎たち三人を玄関から請《しょう》じ入れ、屋敷の奥の書院に案内した。客間らしい。彦四郎たちが書院に座して、いっときすると、ゆいと松波に付き添われた老武士が姿を見せた。富左衛門である。ひどく、憔悴《しょうすい》していた。肉をえぐり取ったように頬がこけ、眼がくぼんでいた。黒ずんだ唇が、かすかに震えている。

ゆいは、要之助や彦四郎に目をやると、ちいさく頭を下げた。ほんのりと顔が朱に染まっている。

富左衛門は小紋の小袖に角帯というくつろいだ恰好で、肩に羽織をかけていた。

正面に座すと、脇息に身をもたせかけるようにし、

「富左衛門じゃが、千坂道場の方かな」

と、彦四郎と永倉に目をむけて訊いた。声はしゃがれていたが、はっきりと聞き取れた。

「千坂彦四郎にございます」

彦四郎が名乗ると、

「師範代の永倉平八郎にございます」

と、永倉も名乗った。

「ゆいが、いろいろ世話になったばかりか、此度《こたび》はゆいを助け出してくれたそうじゃな。わしからも、礼を言うぞ」

そう言って、富左衛門が、二度ちいさくうなずいた。

「ゆいどのも要之助どのも、千坂道場の門弟でござれば、当たり前のことでございます」

彦四郎は、ゆいと要之助に敬称をつけて呼んだ。富左衛門の前で、呼び捨てにはできなかったのである。

「それで、ゆいを攫ったのは、別の道場の者たちだそうじゃな」

富左衛門が訊いた。

ゆいから、話を聞いていたのだろう。それに、昨日、松波が千坂道場に姿を見せたおり、彦四郎は、米沢がかかわっていることも話しておいたので、富左衛門の耳には入っているはずである。

「はい」

「なにゆえ、道場の者たちが、供の者たちを斬り、ゆいを攫ったのじゃ」

富左衛門の声に、強いひびきがくわわった。双眸にも、鋭いひかりが宿っている。富左衛門は長く御目付の要職にあったそうだが、これが御目付として旗本や御家人に目をひからせていたころの顔なのかもしれない。

「小堀さまの跡継ぎにかかわってのことかと……」

彦四郎は、語尾を濁した。富左衛門の胸の内がはっきりしないので、言い辛かったのである。

「弟の米沢修蔵か」

富左衛門の顔が、憤怒にゆがんだ。

彦四郎は、米沢と三神道場の稲垣や矢島たちとのつながりを松波に話しておいたので、富左衛門の耳にも入っているようだ。それに、ゆいからも、三神道場で見聞きしたことは富左衛門に話してあるだろう。

「そのようです」

彦四郎は答えた。こうなると、米沢のことも隠さずに富左衛門に話さねばならないだろう。

2

彦四郎がこれまでの経緯と、米沢が稲垣たちに依頼していたことを話すと、次に口をひらく者がなく、座敷はいっとき重苦しい沈黙につつまれていた。

「じゃが、わしには分からぬ」

富左衛門が、重い口をひらいた。

「……ゆいを攫ったりすれば、かえって助次郎といっしょにさせることは、できなくなるではないか」

富左衛門の顔に、戸惑うような表情が浮いていた。米沢の奸策《わるだくみ》を知った者なら、だれもが思うことである。

「そこが、米沢の悪賢いところです。米沢はゆいどののを諦め、小堀さまの跡継ぎには関心のないことを示し、狙いを妹のきよどのに絞ったようです」

彦四郎は、米沢を呼び捨てにした。妾腹の弟ではあるが、此度の件の首謀者とみたからである。

「す、すると、修蔵は、きよと助次郎をいっしょにするつもりだったのか。……それで、ゆいを攫ったのだな」

富左衛門が驚いたように目を剝いた。

「いかさま」

彦四郎は、ゆいを攫った一味のなかにも非道な行為を憎む者がいて、監禁されているゆいに、手を出させなかったことを言い添えた。

「そうであったか。それにしても、修蔵め、悪辣《あくらつ》なたくらみをしおって……」

富左衛門の顔が、憎悪と憤怒にゆがんだ。

「われらは、米沢に手出しするつもりは、ございません」

彦四郎は、ここから先は小堀家と米沢家の問題だと思った。

富左衛門は溜め息をついた後、

「実はな、わしも、ゆいが攫われた後、手を打っておいたのだ」

と、小声で言った。

彦四郎たちの目が、富左衛門に集まった。

「ゆいが攫われたこともあるが、わしに仕える笹森と長塚が殺されたのじゃ。しかも、下手人は武士らしい。……長年、目付だった者にすれば、放ってはおけない事件なのじゃ」

御目付は、旗本を監察糾弾する役だが、御徒目付や御小人《おこびと》目付をとおして、御家人にも目をひからせている。いわば、御目付は幕臣全体の犯罪や不正を取り締まる立場である。当然、幕臣が事件を起こせば、探索して悪事をあばかねばならない。

「それで、わしの配下だった徒目付の者に、ひそかに、此度の件を探索するよう、頼んだのじゃ。……まさか、修蔵が黒幕とは思ってもみなかったのでな」

富左衛門の声は力がなかった。腹違いとはいえ、弟である。弟の罪を暴くのは、心苦しいにちがいない。

彦四郎たちは、何も言わなかった。ここから先は、富左衛門にまかせるしかないのである。

「おそらく、目付筋の者たちは、三神道場の者たちがゆいを攫ったことをつきとめよう。そうなれば、背後で修蔵が糸を引いていたことも知れる」

そこまで言って、富左衛門は肩を落とし、膝先に視線を落とした。

次に口をひらく者がなく、座敷は重苦しい沈黙につつまれていたが、富左衛門は何か思いついたように顔を上げ、

「ゆいと要之助の祝儀のことじゃが、早めようと思っておる。ふたりは、秋まで待っていられないようじゃからな」

そう言って、ゆいと要之助に目をやった。

ゆいは恥ずかしげに頰を赤らめたが、要之助と目が合うと、嬉しそうな顔をした。要之助は何も言わず、富左衛門にちいさく頭を下げた。髭を剃ったすっきりした顔に戸惑うような表情が浮いたが、目はかがやいている。

「それからな、千坂どのに、渡す物があるのじゃ」

富左衛門が松波に目をやると、松波は懐から袱紗《ふくさ》包みを取り出し、彦四郎の膝先に置いた。

「これは、ゆいを助けてもらった礼じゃが、それだけではない。要之助はさらに剣

術の稽古をつづけたいようだし、わが家に仕えるふたりの者が、千坂道場の門弟になりたいと言い出したのじゃ。……これは、三人の束脩《そくしゅう》でもある」

富左衛門が、表情をなごませて言った。

すると、脇に座していた松波が、ふたりとも若い家士だと言い添えた。

「束脩であれば、いただきます」

彦四郎は、袱紗包みに手を伸ばした。三人を、門弟として受け入れるつもりだった。袱紗包みには、切り餅がつつんであるようだった。四つある。切り餅ひとつは二十五両なので、ちょうど百両である。

彦四郎が袱紗包みを懐に入れたとき、富左衛門は乾いた咳をし、苦しげに顔をゆがめた。

「と、殿、お休みになられた方が、よろしいかと」

慌てた様子で、松波が言った。

「そ、そうじゃな。……すこし、無理をしたかもしれん」

そう言って、富左衛門が苦笑いを浮かべたとき、また咳が出た。

「父上、お部屋へ」

ゆいが、富左衛門に膝をむけて言った。

「話は、これまでにするか」

富左衛門は、千坂どの、これからも要之助たちの力になってやってくだされ、と言い置いて、腰を上げた。

すぐに、ゆいと松波が富左衛門のそばに行き、体を支えるようにして座敷から出ていった。

それから、小半刻（三十分）ほど後、彦四郎、永倉、要之助の三人は、松波と若党に見送られて、小堀家の屋敷を後にした。

陽は頭上にあった。晩春の強い陽射しが、通りを照らしている。武家屋敷のつづく通りは、人影がすくなかった。ときおり、供連れの旗本や中間などが通りかかるだけである。

「要之助、小川町から稽古に通うのか」

歩きながら、永倉が訊いた。要之助は、道場に住み込む必要がなくなったのである。

「そのつもりです」

すぐに、要之助が言った。

「要之助、ゆいとの子が大きくなって、親子で剣術の稽古に通えるほどの束脩をいただいているからな」

彦四郎が、相好《そうごう》をくずして言った。

そんなやり取りをしているうちに、三人は神田川沿いの通りに出た。人影はすくなく、ひっそりとしていた。暖かい陽射しが通りを照らし、神田川の流れの音が物憂いように聞こえてきた。

3

「この辺りで、ゆいたちは襲われたのだな」

彦四郎は、通りの左右に目をやりながら言った。

矢島たちに襲われ、笹森と長塚が斬り殺され、ゆいが攫われたのは、この辺りだと聞いていたのだ。

そのとき、永倉が、

「おい、桜の陰にだれかいるぞ」

と、前方を指差して言った。

見ると、川岸に植えられた桜の樹陰に人影があった。太い幹の陰に隠れ、顔は見えなかったが、武士であることは知れた。たっつけ袴に草鞋《わらじ》履きで、大小を帯びている。網代笠をかぶっているらしく、笠の先だけが見えた。

「まさか、おれたちを襲う気ではあるまいな」

永倉が、樹陰を見すえて言った。

「相手は、ひとりだ。襲うことはあるまい」

彦四郎は足をとめずに歩いた。

「もうひとりいます！」

要之助がうわずった声で言った。

「どこだ」

永倉が訊いた。

「そこの築地塀《ついじべい》の陰に」

要之助が、右手前方の旗本屋敷の築地塀を指差した。その塀の角に、武士がひとり立っていた。

武士は網代笠をかぶり、たっつけ袴に草鞋履きだった。大柄である。

「矢島かもしれません！」

要之助が声を上げた。

すると、大柄な武士が、築地塀の陰から通りに出てきた。彦四郎たちの方に足早に歩いてくる。

「もうひとり、来る！」

永倉が桜の木を指差した。

桜の幹の陰から、武士が通りに出た。大柄の武士につづいて、こちらに歩いてくる。

「後ろからも来るぞ」

彦四郎が言った。

いつ姿をあらわしたのか、中背の武士が背後から迫ってきた。やはり、網代笠をかぶっている。

「矢島たちだ！」

永倉が声を上げた。

その声が、聞こえたのかどうか分からなかったが、大柄な武士が網代笠を取って路傍に投げた。矢島である。

すると、桜の樹陰にいた武士も網代笠をとった。赤ら顔である。瀬川だった。背後の武士も、網代笠をとっていた。この男は、五木である。

前からふたり、背後からひとり——。矢島たち三人は、ここで彦四郎たちを待ち伏せしていたようだ。

彦四郎が叫んだ。

「川岸へ、寄れ!」

すぐに、三人は神田川の岸際に立った。背後からの攻撃を防ぐためもあったが、彦四郎は一対一での闘いを避けたかったのである。

矢島たちは三人、彦四郎たちも三人だった。矢島たちは三人とも腕がたつが、要之助の腕はそれほどでもない。彦四郎は、ここで要之助を討たせるわけにはいかないと思った。要之助が討たれれば、これまで稲垣たちと闘ってきたことが水泡に帰す。

要之助をなかにして、彦四郎と永倉が左右に立った。そして、彦四郎と永倉はすこし前に出た。要之助を守るためである。

矢島たち三人はばらばらと走り寄り、彦四郎たちと対峙するように立った。近くを通りかかったふたりの中間が、悲鳴を上げて逃げだした。斬り合いが始まるのを察知したようだ。

彦四郎の前に、大柄な矢島が立った。永倉の前には、五木である。要之助には瀬川が近付こうとしたが、矢島と五木の間が狭いため、すこし下がって立った。刀をふるうだけの間が取れなかったのである。

矢島は刀の柄に手をかけたが、すぐに抜刀しなかった。彦四郎を睨むように見すえている。

「稲垣どののたちを斬ったのは、うぬらだな」

矢島が、彦四郎に訊いた。血走った目をしている。矢島は稲垣や三神の死体を目にし、彦四郎たちに斬られたと察知したようだ。

「いかにも、われらが斬った」

彦四郎は否定しなかった。

「お師匠まで、斬ったのか」

矢島の顔には、憎悪の色があった。

「斬った。だが、うぬらのように、多勢で襲ったのではないぞ。稲垣も三神どのも、立ち合いで敗れたのだ」

事実そうだった。三神や稲垣たちは、いずれも一対一の勝負で敗れたのである。

「ならば、われらも立ち合いで、うぬら三人を斬る」

矢島が左手で刀の鯉口《こいぐち》を切り、抜刀体勢をとった。

「斬れるかな」

彦四郎も、鯉口を切った。

「まいる！」

矢島が抜刀した。

彦四郎も、刀を抜いた。そして、すこし前へ出た。要之助から、すこし離れようとしたのである。

すぐに、永倉と対峙していた五木が抜刀した。つづいて、永倉も抜いた。

彦四郎と矢島の立ち合い間合は、三間半ほどだった。彦四郎は青眼に構え、矢島は下段に構えた。下段といっても、切っ先は彦四郎の下腹あたりにむけられている。そのまま腹を突いてくるような構えである。

一方、永倉と五木は、相青眼に構えていた。ふたりの間合は彦四郎たちより遠く、四間ほどあった。

要之助と瀬川も刀を抜いて青眼に構えたが、間合が遠かったため、切っ先をむけ合うことはできなかった。

4

彦四郎は、青眼に構えた剣尖を矢島の目線につけた。その構えには隙がなく、腰が据わっていた。

矢島の目に驚きの色が浮いた。彦四郎の構えを見て、あらためて遣い手であることを感知したようだ。目線につけられた剣尖に、そのまま眼前に迫ってくるような威圧を覚えたにちがいない。

イヤアッ！

突如、矢島が裂帛の気合を発した。気合で敵を威嚇《いかく》するとともに、己の闘気を鼓舞したのである。

だが、彦四郎は、まったく動揺しなかった。構えもくずれず、顔の表情すら動かない。矢島は下段に構えたまま前後に動き、切っ先を上下させてしきりに牽制した。彦四郎の気を乱そうとしたのである。

「まいる！」

彦四郎が先に動いた。足裏を摺るようにして、ジリジリと間合を狭め始めた。彦四郎の剣尖は、ピタリと矢島の目線につけられたまま動かなかった。構えもくずれない。見事な寄り身である。

矢島は動かなかった。しきりに、切っ先を上下させている。そればかりか、両足も前後に動かした。斬撃の起こりを迅くするとともに、彦四郎に間合を読ませまいとしているのだ。

かまわず、彦四郎は矢島との間合をつめていく。間合が狭まるにつれ、矢島の前後の動きが速くなり、全身に斬撃の気配が高まってきた。

彦四郎が一足一刀の斬撃の間境に近付いたとき、ふいに、矢島の全身に斬撃の気がはしった。

タアッ！

矢島は鋭い気合を発し、下段に構えた刀身をすこし上げて突き出した。彦四郎の腹を狙った突きである。

オオッ！　と声を上げ、彦四郎は青眼に構えた刀身を横に払った。一瞬の反応である。

甲高い金属音がひびき、キラッ、と矢島の刀身がひかった。彦四郎が、矢島の切っ先をはじいたとき、矢島の刀身が陽を反射《はね》たのだ。

次の瞬間、ふたりは一歩身を引きざま二の太刀をはなった。

彦四郎は袈裟へ。

一瞬遅れて、矢島は横一文字に刀身を払った。

バサッ、と矢島の小袖が肩から胸にかけて裂けた。ほぼ同時に、彦四郎の右袖も横に裂けた。

ふたりは背後に跳び、ふたたび青眼と下段に構えあった。矢島の顔が苦痛にゆがんだ。あらわになった肩から、血が迸り出ている。

彦四郎の斬撃が一瞬迅かったため、矢島の肩をとらえることができたのだ。一方、彦四郎の右腕には血の色がなかった。斬られたのは、袖だけである。

「お、おのれ！」

矢島が目をつり上げて叫んだ。

下段に構えた矢島の切っ先が、小刻みに震えている。肩を斬られたことで体に力が入り、右腕が震えているのだ。

このとき、ワッ！　という要之助の叫び声が聞こえた。瀬川が要之助に迫り、斬り込んだのである。

要之助の左袖が裂けていた。血の色はない。斬られたのは袖だけらしい。要之助は、瀬川から逃げるように岸際を左手に動いていた。瀬川が要之助を追って、左手にまわり込んでいく。

……要之助があやうい！

とみた彦四郎は、すぐに仕掛けた。矢島との勝負を一気に決して要之助を助けるしかない。

彦四郎は、青眼に構えたまま摺り足で矢島に迫った。すばやい寄り身である。矢島は、彦四郎の気魄に圧倒されたのか、すこし後じさった。かまわず、彦四郎は間合を狭めていく。

彦四郎は、斬撃の間境に迫るや否や仕掛けた。

タアアッ！

鋭い気合を発し、青眼から斬り込んだ。

踏み込みざま袈裟へ——。迅雷の斬撃が、矢島をおそう。

咄嗟に、矢島は刀身を振り上げて、彦四郎の斬撃を受けた。ガキッ、という金属音がひびき、彦四郎の刀身と矢島のそれが、十文字になってとまった。瞬間、矢島の体勢がくずれた。彦四郎の膂力のこもった一撃を受けて、腰が砕けたのである。

矢島が後ろへよろめいた。

この一瞬の隙を、彦四郎がとらえた。

トオッ！　と短い気合を発しざま、二の太刀をふるった。

ふたたび、袈裟へ——。

彦四郎の切っ先が、矢島の肩に食い込んだ。渾身《こんしん》の一刀だった。鎖骨を截断し、胸の辺りまで斬り下げている。

グワッ！

と呻き声を上げて、矢島が後ろへよろめいた。肩から血が迸り出ている。

矢島は踵を地面から突き出た石にとられ、後ろへ尻餅をついた。そのまま起き上がろうとしない。

……矢島は助からない。

とみた彦四郎は、要之助に目を転じた。

瀬川が八相に構えて、要之助に迫っていた。要之助は岸際まで追いつめられている。元結《もとゆい》が切れたらしく、ざんばら髪になっていた。

彦四郎は、瀬川にむかって走った。

瀬川は、脇から迫ってくる彦四郎の気配を感じて反転した。

「瀬川、おれが相手だ！」

彦四郎は叫びざま、瀬川に斬り込んだ。

振り上げざま袈裟へ——。間合の読みも気攻めもない、唐突な仕掛けだった。ともかく、要之助を瀬川から守らねばならない。

咄嗟に、瀬川は右手に跳んで、彦四郎の斬撃をかわした。すばやい動きである。

瀬川は、切っ先を彦四郎にむけた。

「千坂か！」

「矢島は斬ったぞ！」

彦四郎も、青眼に構えると切っ先を瀬川にむけた。

「お、おのれ！」

瀬川は顔を怒りに染めたが、目には恐れの色があった。矢島が斬られたと知り、彦四郎に対して恐れを抱いたのだろう。

「さァ、こい！」

彦四郎は、瀬川との間合をつめ始めた。

瀬川は後じさった。彦四郎の青眼の構えに、威圧を感じたらしい。

だが、すぐに瀬川の足はとまった。神田川の岸際に迫り、それ以上、下がれなくなったのだ。

さらに、彦四郎は瀬川との間合をつめていく。

一足一刀の間境に迫ると、彦四郎は全身に気勢を込め、剣尖に斬撃の気を込めた。

瀬川の顔に恐怖の色がよぎり、青眼に構えた剣尖がわずかに浮いた。この一瞬の隙を彦四郎がとらえた。

タアッ！

彦四郎は裂帛の気合を発し、青眼から袈裟に斬り込んだ。鋭い斬撃である。

咄嗟に、瀬川は刀身を振り上げて彦四郎の斬撃を受けたが、後ろによろめいた。腰が浮き、体勢がくずれている。

すかさず、彦四郎は刀身を引きざま横に払った。

バサッ、というにぶい音がし、瀬川の上体が前にかしいだ。彦四郎の一撃が、瀬川の腹を横に斬り裂いたのだ。

瀬川は呻き声を上げ、左手で腹を押さえた。指の間から血が流れ出、赤い筋を引いて地面に落ちた。瀬川はつっ立ったまま、刀を構えようとしなかった。苦痛に顔をゆがめている。

「とどめだ！」

彦四郎は叫びざま、刀身を横一文字に払った。

瀬川の首筋から、血が横に飛んだ。次の瞬間、血が激しい勢いで奔騰した。彦四郎の切っ先が首の血管《ちくだ》を斬ったのである。

瀬川は血を撒きながらつっ立っていたが、体が大きく揺れ、腰からくずれるように転倒した。

地面に伏臥した瀬川は、四肢を痙攣させていたが、悲鳴も呻き声も上げなかった。すでに、絶命しているのかもしれない。

「要之助、大事ないか」

彦四郎が声をかけた。

「は、はい」

要之助が、彦四郎のそばに走り寄った。ひどい姿だった。左袖と襟元が裂け、左腕と胸があらわになっている。おまけに、元結が切れて髪がバサバサである。それでも、血の色はなかった。紙一重で、瀬川の切っ先をかわしたらしい。

彦四郎は、永倉と五木に目を転じた。立っているのは、永倉ひとりだった。五木は岸際の叢のなかに横たわっている。すでに、勝負はついたようだ。

彦四郎と要之助は、永倉に走り寄った。

「永倉、傷は」

彦四郎が永倉に目をやって訊いた。

「ない。……矢島と瀬川は、どうした」

永倉が訊いた。

「仕留めた」

「これで、始末がついたな」

そう言って、永倉は要之助に目をやり、

「要之助、なんだ、その恰好は。まるで、化け物だぞ。そんな姿を、ゆいに見られてみろ。婿どのは別の男《ひと》がいい、と言い出すぞ」

と、冷やかすように言った。

「元結が切れただけですよ」

要之助は、バサバサになった髪を慌てて両手で後ろに撫でつけた。

5

千坂道場の戸口に近寄ってくる何人かの足音が聞こえた。

「だれか、来た！」

お花が、戸口へ走った。

「花、待ちなさい」

里美が、慌ててお花の後を追った。

道場には、彦四郎、里美、お花、永倉の四人がいた。午後の稽古の後、残り稽古をしていた若い門弟たちが、道場を出た後だった。彦四郎たち四人も、それぞれ着替えの間に行こうとしていたところである。

「ゆいさまだ！」

お花が、声を上げた。

戸口に立っていたのは、ゆい、要之助、松波、それにふたりの若侍だった。

ゆいは、花柄の振り袖に紫地の帯を締めていた。道場に通っていたころとちがって、華やかな装いである。歩いてきたせいもあるのか、色白の顔がほんのりと紅色《べに》に染まっている。

要之助も、キリリとした顔立ちをしていた。むろん、髭も月代も綺麗に剃っている。道場に通い始めたころのずぼらな感じは微塵《みじん》もない。小袖に袴姿で二刀を帯びている姿には、身分のある武家の若侍らしい気品さえあった。

松波が、お花と里美につづいて戸口に姿を見せた彦四郎と永倉に目をやり、

「お久し振りでございます」

と声をかけると、要之助とふたりの若侍が頭を下げた。ふたりの若侍は、小堀家に仕える前田《まえだ》七郎《しちろう》と益岡《ますおか》太助《すけ》と名乗った。

「前田と益岡が、稽古に通いたいともうすので、同道しました。それに、千坂どのと永倉どのに、お知らせしたきことがございまして」

松波がつづけて言った。

「ともかく、上がってくだされ」

彦四郎は、松波たちを道場に上げた。

道場の床に座したのは。彦四郎、永倉、要之助、ゆい、松波、それに前田と益岡である。里美とお花は、母屋に帰っていた。彦四郎は、松波が小堀家のことを知らせに来たとみて、里美とお花を母屋に帰したのである。

「お知らせしたいことは、米沢さまのことでございます……」

松波が眉を寄せて言った。

「米沢どのが、どうかしたのですか」

彦四郎が訊いた。

彦四郎たちが、小堀家からの帰りに矢島たち三人を討って二十日ほどが過ぎていた。この間に、何か動きがあったらしい。

「三日前に、亡くなられました」

松波が声をひそめて言った。

「亡くなったと！　病ですか」

思わず、彦四郎の声が大きくなった。

永倉も驚いたような顔をして、松波に目をやっている。

「腹を召されました」

「腹を切ったとな」

「はい」

「なぜ、腹を……」

彦四郎は、米沢が切腹するなどとは思ってもみなかった。

「殿のお話では、米沢さまは家を守るために、腹を召されたのではないか、とのことでした」

「どういうことでござるか」

彦四郎が訊いた。

「殿のお話では、目付筋の者たちが、三神道場の者たちに目をつけて探ったようです。その結果、笹森と長塚を斬り、ゆいさまを攫ったのは、三神道場の者たちであることが知れたらしいのです。さらに、三神道場の者たちを陰で指図していたのが、米沢さまだと分かり、身辺を探ったようです」

「それで」

彦四郎が、話の先をうながした。

「これも、殿のお話ですが、米沢さまは、このままでは公儀から切腹を命ぜられ、家禄《か ろく》も召し上げられるのではないか、と懸念されたようです」

「それで、ことが露見する前に、腹を切ったのか」

「はい……」

「米沢家は、どうなります」

彦四郎が訊いた。

「米沢家が家禄を失うようなことはないそうです。目付筋の者たちも、米沢さまが腹を召されたことで、それ以上の探索はしないようです」

松波が、殿がひそかに目付筋の者に頼まれたようです、と声をひそめて言い添えた。

「さようか」

富左衛門も、米沢家をつぶすことは避けたらしい。おそらく、米沢家の嫡男の政之助が、家を継ぐことになるのだろう。

「これで、始末がついたわけだ」

永倉が声を大きくして言った。

松波の話が終わって、その場の雰囲気がなごんだとき、

「明日から、それがしと前田、益岡の三人で、稽古に通わせていただきます」

要之助が言った。

すると、要之助の脇に座っていた前田が、

「ご指南、よろしくお願いいたします」

と言って、益岡とともに深々と頭を下げた。

要之助は矢島たちに襲われた後、道場に姿を見せることはほとんどなく、自邸に

いることが多かったらしい。

「待っておるぞ。これからは、存分に稽古ができるな」

永倉が言った。

「それで、ゆいはどうする」

彦四郎が訊いた。ゆいも長く道場に来ていないが、門弟ということになっていたのだ。

「稽古に通うことはできませんが、要之助さまとごいっしょすることが、あるかもしれません。そのときは、ご指南していただきたいのですが」

ゆいが顔を赤らめ、恥ずかしげな顔をして言った。

「いつでも、まいるがよい。花や里美も、ゆいといっしょに稽古をするのを楽しみにしていたからな」

「はい」

ゆいがうなずいた。

それから、松波が富左衛門の病状やゆいの看護の様子などを話してから、辞去の言葉を口にすると、

「お花ちゃんと里美さまに、お礼を言いたいのですが……」

ゆいが、小声で言った。

「これは、気が付かなかった。すぐに、ふたりを連れてこよう」

彦四郎は、慌てた様子で母屋にもどり、お花と里美を連れてきた。

ゆいは、お花と里美に礼を言った後、お花の前にかがみ、

「お花ちゃん、また、いっしょに稽古しましょう」

お花の肩に手を乗せて言った。

「わたしが、打ち込みを教えてあげるから、ゆいさまは小太刀を教えて」

お花が声高に言った。

「いいわ。お花ちゃんに教えてもらうのが、楽しみ……」

そう言って、ゆいは微笑んだ。

里美は戸惑うような顔をし、彦四郎は苦笑いを浮かべてお花とゆいに目をやっていた。

この作品は書き下ろしです。

剣《けん》客《かく》春《しゅん》秋《じゅう》親《おや》子《こ》草《ぐさ》

無《ぶ》精《しょう》者《もの》

鳥《と》羽《ば》亮《りょう》

平成27年6月10日　初版発行

発行人――石原正康
編集人――袖山満一子
発行所――株式会社幻冬舎
〒151-0051東京都渋谷区千駄ケ谷4-9-7
電話　03(5411)6222(営業)
　　　03(5411)6211(編集)
振替00120-8-767643
印刷・製本―株式会社 光邦
装丁者――高橋雅之

幻冬舎時代小説文庫

ISBN978-4-344-42359-6　C0193　と-2-32

幻冬舎ホームページアドレス　http://www.gentosha.co.jp/
この本に関するご意見・ご感想をメールでお寄せいただく場合は、
comment@gentosha.co.jpまで。